# CES DEUX-LÀ

DU MÊME AUTEUR

CORDON-BLEU, *roman,* 1987
LONGUE VUE, *roman,* 1988
LE FEU D'ARTIFICE, *roman,* 1992
LA FEMME PARFAITE, *roman,* 1995

*en collaboration*

SEMAINES DE SUZANNE, 1991

PATRICK DEVILLE

# CES DEUX-LÀ



LES ÉDITIONS DE MINUIT

L'ÉDITION ORIGINALE DE CET OUVRAGE A ÉTÉ TIRÉE À VINGT-CINQ EXEMPLAIRES SUR VERGÉ DES PAPETERIES DE VIZILLE, NUMÉROTÉS DE 1 À 25 PLUS SEPT EXEMPLAIRES HORS COMMERCE NUMÉROTÉS DE H.-C. I À H.-C. VII

L'auteur remercie le département du Nord
ainsi que les responsables
de la Villa Mont-Noir/Marguerite Yourcenar.


7, rue Bernard-Palissy, 75006 Paris



ISBN 2-7073-1729-2

« *No se puede vivir sin amar*, dit M. Laruelle... Comme l'a fait graver l'autre *estupido* sur ma maison. »

MALCOLM LOWRY

# PORT-CITRON

1.

Ces deux-là sont en cavale et marchent au bord de la route. L'homme porte un grand manteau noir et une valise, la jeune femme des vêtements de sport en nylon vert et mauve et un sac de voyage. Ils croient s'aimer encore et slalomont entre les flaques de boue.

Depuis trois mois qu'ils n'ont plus parlé à personne, qu'ils se sont méfiés de quiconque, ils ont vécu l'aube astringente dans les hôtels automatiques des périphéries urbaines, les courses dans les escaliers des métros pour prendre les rames au moment des sonneries. Ils ont dormi dans les aéroports de l'Afrique et les gares maritimes du Japon. La nuit dernière, ils ont descendu la mer Caspienne d'Astrakan à Bakou à bord d'un ferry-boat. Ils se tenaient main dans la main, debout derrière le bastingage, les yeux rivés sur la vague d'étrave où brillait du plancton.

Maintenant il se fait appeler Alex et elle Antonia, conformément à leurs nouveaux papiers. Souvent ils descendent n'importe où des autocars, une idée à lui, au milieu de nulle part, comme ce matin, dans la presqu'île d'Apchéron, au pied d'un derrick.

Ce qui déjà, à l'époque soviétique, ne devait pas offrir l'image bien folichonne d'un paysage balnéaire est aujourd'hui une plaine sablonneuse où de gros tubes rouillés et éventrés dégueulent un résidu de pétrole verdâtre au milieu des camions désossés, des fûts toxiques, des rails disjoints entre lesquels un berger pousse un maigre troupeau de moutons à cinq pattes. Ils marchent sur une route bordée de pylônes rongés de lichens jaunes, jusqu'au village de Sumgaït où quelques gargotes se serrent les coudes devant la mer froide. Il a glissé la valise sous la table où déjà un moustachu en tablier dépose deux assiettes de shaslick. Bienvenue en Azerbaïdjan, murmure Alex, et puis ils s'embrassent. Encore quelques milliers de kilomètres à parcourir, en longues bifurcations destinées à déjouer les filatures éventuelles, avant de rejoindre leur magot planqué au soleil. Et après la belle vie.

Alex engloutit d'un trait sa vodka.

## 2.

Andjelko Hajnoczy avait à nouveau fermé les yeux puis répété la phrase à voix basse, les deux mains posées au sommet du volant :

– Vingt ans partis en fumée.

Le volant était recouvert d'une gaine en cuir noir ajourée tenue par un lacet. Le cuir avait moisi et collait sous les paumes. Lorsqu'il était enfant, il avait toujours vu son père enfiler des gants d'automobiliste avant de glisser la clef dans la fente nickelée du contact. Ces gants aux doigts coupés, munis d'un bouton-pression au poignet, sont peut-être encore à leur place, au fond de la boîte éponyme. Mais il aime autant ne pas avoir à le vérifier. Sur le pare-brise, un très vieil autocollant annonçait une fête des Filets bleus à Lorient. On était pourtant à Saint-Nazaire.

Il essaya encore une ou deux fois de lancer le moteur de la DS rouge et noir qui ne voulait rien savoir, batterie et pneus à plat, remisée depuis des mois dans une alvéole de l'ancienne base sous-marine transformée en garage. Simone assise à côté de lui ne disait plus rien. Les yeux rivés sur le béton lépreux à l'extrémité du capot, elle passait une main dans ses cheveux blonds, presque dorés, qui frisottaient dans l'air trop humide. Elle abaissait le pare-soleil, essuyait du bout des doigts la poussière sur le miroir de courtoisie. *Si tu ne comprends pas Qu'il te faut revenir...* Elle fredonnait pour elle-même une mélodie triste. *Je ferai de nous deux Mes plus beaux souvenirs...*

3.

Trois semaines plus tôt, à huit fuseaux horaires de cette zone portuaire, Andjelko Hajnoczy allumait une cigarette et se servait une nouvelle tasse de café. Il se caressait distraitement le sein gauche et observait sur l'écran un planisphère découpé en cinq zones de couleurs différentes. C'était dans le nord du Panama. C'était un homme d'une quarantaine d'années plutôt brun quoique un peu grisonnant, au milieu de sa vie dans le meilleur des cas – selon les statistiques du moins –, mais qui ne se berçait pas d'illusions. Seul dans la chambre, il s'était allongé sur le lit, avait fermé les yeux. Celui-là venait de recevoir, à quelques minutes d'intervalle, deux informations entre lesquelles il cherchait en vain la moindre coïncidence.

On lui avait d'abord fait parvenir, sous la forme habituelle d'un courrier électronique de l'agence World Lovelies, les photographies anthropométriques d'un agent de change accusé d'avoir détourné une forte somme. Ce genre de problème était monnaie courante, bien qu'il ne fût pas si fréquent qu'on fît appel à lui en de pareilles circonstances. Dans le document joint figurait une liste des itinéraires que le Traître à la Cause était susceptible d'emprunter dans sa fuite.

Puis il avait appris la mort de son père, survenue à des milliers de kilomètres. La voix au téléphone était celle d'une vieille femme distinguée qu'il avait imaginée bourgeoise et élégante. Les cheveux peut-être légèrement violets.

Il avait reposé le combiné, avait observé la pluie continue sur les grandes feuilles déchirées devant la fenêtre, les cuves de pétrole à l'horizon, sur lesquelles se lisait encore en capitales le mot PETROLEXXO malgré de longues coulées brunes d'hydrocarbures sur les lettres rouges. Il était revenu s'asseoir devant le bureau, avait laissé défiler les photographies sur l'écran une à une en essayant de retrouver le visage oublié dans un passé lointain. L'homme qu'on lui demandait de localiser était blond et semblait âgé de vingt-cinq ou trente ans. Un plan rapproché le montrait assis, seul à la terrasse d'un bar de Bakou, emmitouflé dans un manteau en laine noire.

En règle générale, les ordres de la World Lovelies sont immédiatement suivis d'effets.

4.

Au lieu de quoi, Andjelko Hajnoczy se rendait à nouveau en France, pour la deuxième fois en moins d'un mois.

Le taxi quittait la rampe verticale du parking et déjà diminuait le chuintement de ses gommes sur l'asphalte mouillé, rétrécissait l'écart entre ses feux rouges à l'horizon d'une avenue rectiligne. Debout sous la pluie, vêtu d'un imperméable beige démodé avec des pattes sur les épaules maintenues par des boutons en laiton, genre de vêtement disponible dans beaucoup de villes du monde, quoique assez loin du centre, Andjelko avait une nouvelle fois manqué d'à-propos. Il suivit le trottoir en direction du port. Il était quatre heures du matin et le quartier dormait sous des lampadaires parcimonieux. La poignée d'une valise en toile verte et coins renforcés en cuir brun déteignait au creux de sa paume.

Il attendit dans un café mal éclairé au néon que le jour se lève sur les bassins de sa ville natale, suivit le pilotage d'un vraquier vers le terminal, où s'empilaient des conteneurs verts et orange couverts de mouettes unijambistes et déprimées par la raréfaction des ressources marines. Des soldats fumaient au bord de l'écluse, fusil dans le dos. Il commanda un verre d'alcool, encore un autre verre, et convint que les grues étaient les mêmes, les rails aussi, Puerto Limón ou Hambourg, Djakarta ou Dunkerque, que le matériel portuaire n'offrait pas le pire spectacle qu'il fût donné à l'œil humain de contempler, puis se procura un journal sportif dans un kiosque et attendit l'ouverture du garage.

Après avoir récupéré la DS et tourné en rond pour retrouver la villa dans La Baule, il déposa la valise sur un parquet verni comme une promesse de croisière, vint s'asseoir devant une table en fer sur la terrasse et se caressa distraitement le sein gauche. *Grande parade des clowns et sa ménagerie...* Le journal détaillait les résultats des championnats de football ou de tennis dont il n'avait pas suivi les péripéties. L'édition aurait pu dater de dix ans ou être celle de l'année suivante. Et cette remarque assombrit aussitôt les pensées d'Andjelko Hajnoczy, qui se demanda combien de Tours de France et de Coupes Davis il lui restait à vivre. *Et Ludmilla la trapéziste...*

Sur la plage en contrebas, des enfants couraient derrière la camionnette du cirque et un téléphone sonnait quelque part dans la maison. Andjelko sortait de son imperméable un paquet de cigarettes dont il froissait le film plastique protecteur, arrachait la languette aluminée. *Des lions des ours et le plus petit vélo du monde...* En quête d'un cendrier, il visita la cuisine ensoleillée, inspecta les placards vides, fit pivoter les robinets de la salle de bain, approcha son visage tout près du miroir : il allait attendre le début de l'après-midi pour appeler Simone et l'inviter à dîner.

Il décrocha le téléphone dans le salon, reconnut la voix de vieille bourgeoise élégante et trop distinguée de Madeleine. L'appareil Art-déco blanc et or lui appartenait, ainsi que la table basse en verre, le piano, la villa au bord de la mer et la serviette de bain blanche à nids d'abeille qu'Andjelko tenait encore à la main. Son hôte avait-il cette fois-ci retrouvé facilement la villa ? Manquait-il de quoi que ce fût ? Serait-il libre pour le dîner ?

Le temps qu'il se bricole un alibi ou réclame un cendrier et Madeleine ajoutait qu'elle venait d'appeler Simone, qui avait accepté de se joindre à eux.

Il était revenu sur la terrasse et consignait d'une écriture minuscule, au dos du paquet de cigarettes, les mots *café*, *rasoirs* et *cigarettes* sans oublier un *cendrier*.

Putain la gueule que j'ai, songeait Andjelko qui songeait au miroir en tenant le volant d'une main. Ou alors un problème de rasage. Oui. Ne pas tant négliger le rasage.

Lorsqu'il sortit d'un petit supermarché dans le bleu carbonisé du plein midi, un sac en plastique blanc à la main, il longea l'antique DS Citroën héritée de son père sans en ouvrir la portière et choisit la terrasse ombragée du bar le plus proche. L'air marin remontait de la plage et des jeunes filles y descendaient, qui se croisaient devant lui, celui-là chargé des senteurs de l'iode et celles-ci du monoï. Il portait une chemise bleu pâle, un pantalon de toile, des chaussures anglaises de cuir épais qui dans son esprit l'isolaient du monde alentour. Car les pensées d'Andjelko, comme celles de Guzman, adhéraient pour partie à la nature de leurs semelles.

Consentir aux espadrilles, tongs ou tatanes, et ce fût suivre ces jeunes filles jusqu'à la plage, s'allonger lui aussi sous le soleil et oublier le dîner de Madeleine. Il attendrait la nuit pour remonter vers les cafés ensablés, présenter son passe universel à la patrouille, rencontrer des marins auxquels il prouverait bien dès le lendemain qu'il savait étarquer une voile ou bidouiller un moteur au gazole. Dans trois jours peut-être il doublerait La Corogne. On manque souvent d'un homme comme Andjelko, sur un bateau.

C'est un privilège qu'il devait, ainsi que son prénom, à ce Hongrois de Voïvodine que les hasards conjugués d'une guerre mondiale et de la navigation marchande avaient amené en Europe de l'Ouest en 1949.

5.

Fuyant tour à tour les régimes de Tito vers l'est puis de Dimitrov vers l'ouest, Janos Hajnoczy était devenu commissaire de bord sur les paquebots des Messageries maritimes à l'époque cuivrée des Messageries maritimes. Il s'était retiré du métier lorsqu'elles fusionnèrent, dans les années soixante-dix, avec la Compagnie générale transatlantique.

Toujours vêtu de sa veste blanche à galons dorés par-dessus son pyjama, l'ancien propriétaire de la DS avait passé les années de sa retraite à surveiller aux jumelles, de son appartement tout en haut du port, l'activité des chantiers navals et le passage étroit des navires en partance dans l'écluse. Puis le ralentissement du trafic avait accompagné celui de sa propre circulation sanguine. Le jour de sa mort, un cargo chinois pleurait la rouille le long de ses passages de chaînes, et chargeait devant le hangar frigorifique des demi-bœufs congelés qui dansaient entre les nuages au bout d'un câble d'acier. Un drapeau rouge de la taille d'une maison faséyait à la poupe sur le ciel bleu et le vieux gentleman, qui avait toujours et partout considéré les bannières marxiste ou maoïste comme une attaque personnelle, avait lentement posé son front sur le maroquin vert qui lui servait jusqu'alors de sous-main. Ses doigts s'étaient crispés sur un coquillage qu'il s'était bêtement souvenu d'avoir acquis pour presque rien à Madagascar des années plus tôt. Son dernier souvenir fut celui d'une plage de Diego Suarez. Sa dernière image (au fond des yeux très bleus) celle d'un coquillage rebondissant sur du lino.

Aussitôt Madeleine s'était chargée de tout, qui avait été la dernière maîtresse ou la première amie du défunt.

6.

Le père d'Andjelko était mort le jour anniversaire de l'installation des soviets à Moscou sans prêter attention à la coïncidence. Le temps qu'Andjelko survole une première fois l'Atlantique, trois semaines plus tôt, et Madeleine portait un tailleur noir et des boucles d'oreille or et turquoise sous des cheveux argentés aux reflets bleutés.

Andjelko s'était assis auprès d'elle dans l'étude notariale d'un gros garçon aux cheveux ras et roux, dont le veston avait manqué céder lorsqu'il lui avait tendu, par-dessus son bureau, l'urne noire et scellée des cendres paternelles qu'il paraissait brandir comme un trophée sportif. Madeleine avait un peu tendu ses mains gantées de chevreau, s'était ravisée.

Elle lissait sa jupe. Il avait installé l'urne entre eux sur la banquette, petite muraille infranchissable que cet homme, qu'ils avaient détesté tous les deux peut-être mais à tour de rôle.

Puis le notaire avait repris sa place et le veston ses plis : la succession, pour n'être pas celle d'Onassis, atteignait un montant qu'Andjelko n'avait pas soupçonné. L'ancien navigant avait investi, sa vie durant, ses revenus superflus dans les produits de première nécessité. Il avait jonglé avec les cours du coprah ou des composants électroniques, misé ses billes dans les ferries de la Baltique et jusque dans les tankers grecs d'Aristote lui-même. Andjelko avait longtemps poursuivi de son côté des femmes et des chimères aussi, mais avec une réussite nettement moins exemplaire. Assez bon artificier, sous-traitant de divers groupuscules extrémistes, il avait pulvérisé un peu partout nombre d'objectifs qu'on lui désignait stratégiques, relais de télévision, voitures de diplomates ou de mafieux, rails, chambres d'hôtels ou ponts suspendus. La paix revenue en Angola, il avait rejoint l'Amérique centrale avec un groupe de vétérans de l'opération Carlotta, et s'était retrouvé sans plus un dollar ni même un colón, ni lempira ni cordobá ni balboa, no, nada. Il subsistait depuis de menus services rendus à la World Lovelies qui lui assurait en échange, ainsi qu'à Guzman, la couverture relativement paisible d'un bar-restaurant sur l'île Petrolexxo. Avant que la lecture de l'acte ne fût achevée, il envisageait déjà de bouleverser d'un coup sa vie à défaut de l'ordre du monde.

– Il y a aussi l'auto, avait ajouté le notaire qui sortait une clef d'une enveloppe et pressait un interphone. Une DS. Elle est dans une alvéole de la base sous-marine. Simone va vous y accompagner.

Alors Simone Le Brenn était entrée dans l'étude pour ne plus sortir de ses préoccupations érotiques : la vie souvent n'est pas la reine du casting. Jamais Andjelko n'aurait confié un rôle de clerc de notaire à cette grande fille blonde aux cheveux bouclés, qu'il avait aussitôt identifiée comme étant celle, vingt ans plus tôt, à laquelle le petit jeune homme pâle et ténébreux qu'il regrettait plus ou moins d'avoir été n'avait jamais osé adresser la parole. Ils appartenaient pourtant tous les deux, dans cette petite ville portuaire, à ce même groupe d'adolescents qui se rendaient ensemble à la plage, déconnaient un peu dans les cafés, menaient cette vie insouciante et stupide qui semble néanmoins constituer, de génération en génération, les meilleurs souvenirs de ceux qui par la suite n'ont plus cessé de se ramasser, ont dû se contenter de vivre ces vies plutôt merdiques dont ils ricanaient alors ouvertement.

Celle qu'il trouvait trop bien pour lui vingt ans

plus tôt en avait aujourd'hui trente-huit. Elle conduisait une petite voiture bleue dont il ignorait la marque, genre de trois portes pour femme seule, pas de siège enfant à l'arrière, vérifiait-il pendant qu'ils se dirigeaient vers l'ancienne base sous-marine. Mais peut-être des plus grands, sait-on jamais. Elle devait se trouver juste au lendemain de son heure de gloire, avait pensé Andjelko qui observait son profil à la dérobée, juste au lendemain de l'apogée de sa beauté de femme qu'il n'aurait jamais connu. Il avait posé sa nuque sur l'appui-tête, fermé les yeux pour mieux imaginer l'avenir, et le temps avait ainsi passé sans que rien, à son grand étonnement, ne vînt cette fois contrarier ses projets : il était de retour, trois semaines plus tard, pour régler avec Simone les derniers détails de la succession ainsi que les modalités de leur mariage sous le régime de la communauté des biens.

*Ce soir à 21 heures... Les lions les tigres et la magie...*

Toujours assis à la terrasse de La Navy, Andjelko asséchait mine de rien son troisième verre, et l'or pâle du vin nantais baignait le paysage au son de la musique de cirque et des cuivres saturés, que déformaient le haut-parleur sur le toit de la camionnette et la voix grésillante du bateleur... *Grande parade...* la boutique bariolée d'un confiseur sur sa droite... le souvenir des cheveux blonds bouclés de son père... le visage de Simone assise à l'avant de la DS, lorsqu'elle fredonnait la chanson triste... *Je ferai de nous deux Mes plus beaux souvenirs...* Des palmiers jaunis frissonnaient dans des bacs en béton précontraint.

– Désolée, avait-elle dit en arrêtant un instant la mélodie, inclinant doucement son cou sur l'épaule fragile, repliant le miroir de courtoisie. Mais j'ai cette chanson dans la tête.

Il fit venir le garçon, en l'occurrence un très vieil homme à la démarche incertaine, à deux pas de la retraite sans doute, mais on sentait qu'ils ne seraient pas si vite parcourus, et le pria de bien vouloir lui laisser la bouteille sur la table.

Défilait devant La Navy, dans l'allégresse du plein été, le délicieux scandale féminin des corps jeunes et bronzés.

## 7.

Les capitaux, on le sait, voyagent autrement plus vite et plus confortablement que les personnes. Détourner de petites sommes et puis les arrondir, faire glisser deux ou trois virgules vers la droite, simuler quelques pertes d'exploitation ou placements hasardeux, jouer à saute-mouton de compte en compte jusqu'à détenir seul le code d'accès du bas de laine, expédier le tout en un lieu exotique et méconnu : tout cela, pour Alex, avait été un jeu d'enfant.

Parcourir la moitié de la planète en échappant à ses poursuivants éventuels demande une tout autre formation. Les jours passant, on se surprend à regarder sans cesse derrière soi, quand c'est toujours devant qu'un vrai professionnel vous attend, perché comme un vautour à chaque embranchement possible de votre route. On en vient vite à ne plus pouvoir dormir sans quelque adjuvant, la plupart du temps fortement alcoolisé. Il va sans dire qu'on s'éveille encore en pire état au sortir du coma. On s'en va vomir discrètement le long du grillage d'un motel canadien avant de grimper dans un autocar Greyhound, au fond duquel on cherche à nouveau le sommeil, le front contre la vitre. On se souvient vaguement d'avoir promis à Antonia de l'épouser, puis qu'on a décidé de faire ça à Las Vegas où la formalité paraît-il est expresse. On se réveille en sursaut pour dévisager chacun des occupants du véhicule, indifférent à la neige rose des Rocheuses de chaque côté de l'autoroute. On commence à transpirer bien avant la frontière du Montana.

Il ne paraît pas très en forme, notre jeune Alex,

le col de son manteau noir relevé jusqu'au menton, les bras croisés, tassé sur sa banquette. Et Antonia s'en est aperçue, qui ne dit rien, et descend à chaque arrêt griller une cigarette en shootant dans les cailloux. Ça paraissait pourtant si romanesque, la première fois qu'il lui en avait parlé, cette fuite à deux, la vie de feuilleton télé sous les tropiques à l'arrivée.

Elle ne le pensait pas si amateur, à vrai dire.

8.

– Tu es fini, Andjelko.

Ainsi qu'il arrivait de plus en plus souvent, depuis son retour dans sa ville natale après vingt ans d'absence, le fantôme du petit jeune homme pâle que fut Andjelko vingt ans plus tôt sortait de la bouteille de vin blanc comme le génie de la lampe d'Aladin. Il s'installait dans le fauteuil en plastique à côté du sien sans y être invité, sous la banne blanche et bleue de La Navy. L'apparition portait des vêtements d'une autre époque, un caban bleu marine, une écharpe et les cheveux trop longs. Il ricanait :

– Qu'es-tu devenu, Andjelko ? Regarde-toi.

– Tu vois, répondit-il calmement : je vais épouser Simone Le Brenn.

Il pensait au moins lui avoir cloué le bec, avec ce scoop. Mais le spectre riait, maintenant :

– Tes entreprises ont toujours été de brillants échecs. Et la première fille qui passe devant cette terrasse peut t'entraîner dans son sillage à des milles nautiques avant ce soir.

– J'ai changé.

– Oui. C'est pire.

– Tu la fermes et tu t'évapores.

S'il essayait toujours d'arrondir les angles avec ses contemporains, Andjelko ne laissait pas d'être parfois tranchant à l'égard du passé.

Il allumait une cigarette. Devant lui glissaient les caravelles de très jeunes filles à l'instant exact de leur perfection, dans la force unique de leur beauté qui déjà serait fanée l'été prochain (mais aujourd'hui, et pour l'éternité, elles resplendissaient en lignes fermes et nerveuses, lisses comme des coquillages sous la lumière verticale). Une ombre violette se lovait entre les attaches fragiles et élastiques des épaules, au pli des jambes élancées vers le ciel, sous le claquement joyeux des sandalettes et la démarche vive, gracile et furtive d'un instinct dans la clarté solaire. Le spectre le poussait du coude :

– Tu vois ce que je vois, Andjelko ?

L'une des adolescentes quittait le groupe et s'approchait à contre-jour. Elle se dirigea droit sur

Andjelko, choisit le fauteuil où ricanait le petit jeune homme pâle, dont le spectre écrasé conserverait à jamais le souvenir callipyge. Elle s'était assise :

– Vous parliez tout seul. Vous avez du feu ?

Elle venait d'extraire un paquet de Dunhill d'un sac de plage. Sa chevelure de lionne scintillait de sable humide et de sel séché et elle mâchait un chewing-gum. Ses yeux brûlaient des ocelles dorés sur un lit de fibrilles vertes. Un léger duvet irisait la lèvre supérieure dont s'approchait la flamme très claire, bientôt surmontée de la première volute de fumée bleue. Andjelko glissa le briquet dans sa poche, ramassa sur la table les clefs de voiture incandescentes et leur substitua un billet de banque de moyenne intensité. Il prit congé en lui confiant qu'il allait acheter un cendrier.

– Vous n'avez pas de briquet et je n'ai pas de cendrier.

Un peu étourdi à présent par la station verticale, Andjelko n'était cependant pas moins conscient que ce sont des phrases aussi profondes qui, selon qu'elles sont ou non proférées, font que des couples se forment ou se déchirent, des révolutions achoppent ou aboutissent, des civilisations se fondent ou s'engloutissent. Il s'appuyait d'une main au dossier du fauteuil.

L'apparition marine lui souriait encore :

– Un cendrier ? Accompagnez-moi jusqu'à la gare routière.

Elle avait passé le sac en bandoulière sur son épaule, longé les petits palmiers pouilleux dans leurs bacs en béton, se tenait près de la portière du passager qu'il déverrouilla. Les sièges paternels étaient mous et brûlants, d'où s'échappèrent des particules de poussière pendant que la suspension hydraulique levait le long bec de toucan de la Citroën, puis un peu son croupion. Le pot cracha un nuage bleuté cancérigène dont ils s'éloignèrent au plus vite, pendant que des soldats, entassés à l'arrière d'un blindé léger, criaient en brandissant le drapeau blanc des Forces de la Paix. Il la déposa trois cents mètres plus loin, devant une aubette où stationnait un autocar bouton d'or.

– Voilà, dit-elle. Je m'appelle Myriam.

De son sac de plage, elle venait de sortir le cendrier dérobé sur leur table où reposait encore le mégot d'Andjelko.

De l'autre côté de la vitre teintée, à genoux sur la banquette arrière de l'autocar, Myriam agitait maintenant la main, encadrée par la carrosserie bouton d'or qui occupait tout le champ visuel d'Andjelko puis rétrécissait bientôt au centre de l'écran, laissant apparaître sur les côtés le décor maritime des villas et des pins. Il glissait le cendrier dans la poche de son imperméable.

– Début d'une jolie filature amoureuse, prédit le spectre un peu prophète, qui défroissait ses vêtements du plat de la main.

Mais non.

Il avait passé sa vie ainsi, Andjelko Hajnoczy.

On ne poursuit pas une inconnue quand on a résolu d'épouser Simone Le Brenn.

Quand le soir même on dîne avec elle chez Madeleine Turquin.

Quand a fortiori le lendemain matin on s'en va prendre un avion pour filer un inconnu.

– Je te dis que j'ai changé.

Au point de savoir aujourd'hui reconnaître sous le masque des belles inconnues les messagères occasionnelles de l'agence World Lovelies, ces gamines qui le matin se déhanchent sur les podiums devant les photographes, l'après-midi servent de boîtes à lettres et le soir autant n'y pas songer.

De retour à la villa, assis à la grande table de la cuisine, il décollait sous le cendrier le chewing-gum et la disquette, par laquelle on lui faisait savoir que le Traître à la Cause avait emmené avec lui une hôtesse de l'air de la Singapore Airlines, qu'il venait d'épouser dans sa fuite. Suivait à nouveau une liste de leurs parcours hypothétiques. Je profitais de l'occasion pour lui renouveler mes plus sincères condoléances, mais enfin nom de dieu il allait bien falloir que ça cesse, ces multiples allers-retours sous prétexte de succession à régler. On allait devoir se remettre au travail.

Le spectre du jeune homme pâle et ténébreux haussait les épaules, qui ouvrait la porte du frigo et sortait une boîte de bière.

Le soir même, en se rendant chez Madeleine, Andjelko avait arrêté la DS rouge devant une cabine téléphonique du boulevard de mer, composé un numéro à douze chiffres et simplement prononcé Voilà, c'est bon. Je m'y mets.

9.

Et pendant ce temps comme toujours certains se la coulent douce.

Ces deux-là par exemple, au beau milieu de la mer des Caraïbes, à bord d'un grand sloop blanc toutes voiles dehors (frêle embarcation observée à cette altitude, qui semble flotter dans les airs bien loin au-dessus de la barrière de corail, tant les fonds verts et bleus sont transparents vus d'avion). Le jeune homme à la fine moustache sud-américaine, à la peau cuivrée, Carlos Sörensen, vient d'enclencher le pilotage automatique et le système de navigation GPS. Il est descendu dans la cabine et retrouve une femme aux longs cheveux noirs. Elle chante un boléro en s'accompagnant à la guitare et prend des notes au crayon. La table à cartes est encombrée d'un petit synthétiseur, d'un métronome et de papier à musique. Ils préparent en mer leurs prochaines chansons, et travaillent aujourd'hui sur les paroles de *Sorocabana*, qu'ils veulent dédier à un bar à tango de Montevideo.

Des feuilles de papier à musique sont punaisées un peu partout contre les membrures en bois verni de la coque. Sur l'une d'elles, on peut lire ceci :

Bandonéon qui vrille
Ton cœur
Sous les banderilles
Et les néons du vieux Soro/
cabana Montevideo

et sur une autre cela :

Mon amour fa/
do ou tango
C'est pour toujours, ma petite Sorrow
Un dernier soir, un soir en trop
Comme un poignard, là, dans ton dos

Souvent, lorsqu'ils travaillent ensemble, deux conceptions s'affrontent puis lentement s'harmonisent. La sienne à lui, le parolier, voudrait que chaque chanson soit une histoire complète, avec le tissu narratif d'une nouvelle, pleine comme un œuf, qu'il considère indispensable à la chanson réaliste. Il lui raconte l'histoire d'une taxi-girl amoureuse d'un client, un marin, qui dès demain quittera Montevideo et franchira le Rio de La Plata pour Buenos Aires, à bord d'un cargo rouge et noir (dès le lendemain dansera dans les bras d'une autre, tu vois, au Chiquilín peut-être, au Viejo Almacen, parce qu'entre ces deux-là l'amour est impossible...). Et la sienne à elle, la chanteuse, pour laquelle le texte devrait être plus allusif (on la connaît l'histoire, sourit-elle, toujours la même, quelques mots suffisent). Elle fredonne ce qu'elle imagine comme refrain :

Sorocabana
Sorocabana Montevideo
Sorrow, Mañana *(bis)*
est toujours en trop

Confinés dans ce berceau en bois verni, à la lumière jaune des lampes légèrement balancées par la mer, dont le reflet joue sur les tons chauds de la guitare, et des objets de navigation en cuivre ou en laiton, ils poursuivent loin du monde leur minutieux jeu de construction, déplacent un mot, soulignent au crayon rouge les assonances, les rimes internes (si tous les cargos sont peints en rouge et noir, dit-il, c'est bien pour offrir aux paroliers le choix entre l'espoir et le désespoir). Le jeune homme voudrait glisser dans son texte deux alexandrins mais pas tels quels, dit-il, non, comme une référence discrète, tu vois. Des alexandrins dans un boléro ? Oui, mais, dit-il, peut-être un récitatif, laisser filer le bandonéon, et toi d'une voix grave, un peu en retrait :

> Si mis párpados, amor, labios fueran
> Alors...
> Tu sentirais mes lèvres sur ta peau diaphane

Ou plutôt non, dit-il, penché sur un bloc, crayon en main :

> Si mes paupières, Sorrow, étaient des lèvres
> Alors...
> Tu frissonnerais, nue sous la neige

Mais qui dit ça ? demande-t-elle. Ce serait le marin et moi je ne chante pas le marin ! Mais on s'en fout du marin !, dit-il. Il sent néanmoins que la partie n'est pas gagnée, est perdue même, allez, autant le reconnaître, elle n'en fera qu'à sa tête, comme d'habitude. Il froisse la feuille et tapote d'un ongle le baromètre (740), en songeant une fois encore que le métier de parolier est bien ingrat.

Il va sans dire que ces deux-là sont absolument

indifférents à la vie du monde, ignorent même que celui-ci est secrètement déchiré entre des organisations mafieuses concurrentes aux visées hégémoniques. C'est elle, Alfonsina Ocampo, qui a choisi le nom du grand bateau blanc, *Torre de Marfil*, *Tour d'ivoire*. Ils ont prévu de longer dans quelques jours la côte du Brésil en direction du sud, de façon que les dernières chansons soient à peu près bouclées pour leur arrivée à Buenos Aires, où le studio d'enregistrement est déjà réservé. Rien ne pourrait les distraire de leur projet, ne pourrait venir ébranler leur calme retraite, ou alors une catastrophe naturelle peut-être, un typhon, un cyclone, un ouragan (730, rectifie déjà le baromètre).

10.

– Tu as vomi ?

Alex en manteau noir sortait des toilettes de l'aéroport de San Salvador – Komalapa, reprenait place en silence devant la table en plastique du bar international. Un téléviseur scellé tout en haut du mur rediffusait le match joué quelques heures plus tôt par l'Asociación deportiva El Transito et le club municipal Al Watan. C'était un dandy de vingt-cinq ans, grand et maigre, que ses cheveux blonds et fins par une étrange conspiration abandonnaient l'un après l'autre. Une sueur froide et salée sur la peau très pâle, un coucher de soleil vert et violet sous les yeux lui faisaient une tête de paysage marin inattendu. Tu as vomi ?, reprenait Antonia. Je voudrais rentrer, Alex. Elle pleurait doucement, fixait le téléviseur. On ne pourrait pas laisser tomber ? Rendre l'argent ?

Alex haussait les épaules (sur lesquelles les fuyards de la nuit retrouvaient épouvantés les cheveux évadés du matin). Il grelottait dans son manteau noir dont il releva le col, le dos tourné au flux d'air glacé du climatiseur. Il était minuit et des avions cabotins rappelaient leur présence sur la piste par des feux clignotants. Assis au comptoir, parmi les passagers en transit, Andjelko observait Alex et lui trouvait une ressemblance évidente avec le petit fantôme qui l'importunait de temps à autre, genre de jeune homme pâle et ténébreux qu'on aurait parfois plaisir à projeter d'un immeuble assez haut vers le sol.

C'est la veille au soir et sans difficulté majeure qu'Andjelko avait localisé le jeune couple en cavale, mais il lui semblait déjà supporter depuis l'enfance le bavardage mélancolique d'Antonia. Courts cheveux noirs et belles dents blanches, visage parfait de présentatrice de journal télévisé, elle grignotait des places dans la file d'embarquement, poussait une valise entre les jambes des passagers, et traînait derrière elle un Alex en manteau noir déjà ivre et absent. Elle s'était faufilée entre lui et le comptoir au moment où il tendait son billet, allez-y, avait dit Andjelko, je vous en prie.

Ils s'étaient retrouvés côte à côte dans le petit avion de la Taca, Antonia assise entre les deux hommes. Elle en avait un peu sa claque, Antonia, de n'avoir parlé à personne depuis des mois, et même très peu à Alex depuis des semaines. Le retrait du monde n'était manifestement pas dans sa nature profonde. À Las Vegas, elle avait entrepris d'écrire une carte postale pour ses anciens collègues, qu'Alex avait lentement déchirée en souriant. Et ç'avait été sa honeymoon à Vegas : glisser des pièces de monnaie dans les machines à sous. Sitôt les ceintures bouclées, il n'avait pas été difficile d'engager une conversation anodine, de la féliciter du choix de cette bague, par exemple, un diamant jaune ? Elle avait jeté un œil vers Alex déjà endormi.

– Nous nous sommes mariés à Las Vegas, avait-elle commencé à voix basse...

Andjelko qui ne souhaitait pas s'exprimer sur le sujet s'en était tenu aux félicitations d'usage et vœux de bonheur concomitants. Il avait déposé son billet en évidence sur la tablette, près de l'album des photographies de son père, un grand livre à couverture rouge, que Madeleine lui avait remis à la fin du dîner.

– Vous allez jusqu'à Puerto Limón ?, demanda-t-elle. Nous aussi.

Elle lui apprit aussitôt qu'Alex, qui avait travaillé pendant deux ans dans les services financiers d'une agence matrimoniale World Lovelies, à Singapour, poursuivrait dorénavant ses activités avec le titre de sous-directeur d'une succursale Trans Cargo à Puerto Limón. Andjelko qui savait tout cela avait coiffé les écouteurs et fermé les yeux. L'image de Simone lui était aussitôt venue à l'esprit, nimbée de connotations mythologiques ou bien tout simplement freudiennes.

## 11.

Derrière la base sous-marine, agenouillée au pied d'une porte métallique sous les grues portuaires, Simone enfonçait une clef dans un cadenas rouillé. Elle avait garé sa petite voiture bleue le long du quai, et des claques de vent balançaient le parapluie dont il la protégeait mal. Ils s'étaient assis à l'avant de la vieille déesse poussiéreuse qui ne voulait rien savoir, batterie et pneus à plat, endormie dans l'odeur de vase et d'eau croupie. Chaque fois qu'il lançait le démarreur, l'orgasme plaintif d'une otarie s'élevait du capot. Ils avaient ri. L'humidité faisait peu à peu friser les cheveux de Simone, qui lui parlait de son travail à l'étude, où elle gérait les dossiers d'héritage et les contrats de mariage. Et Andjelko avait remarqué qu'une telle activité devait offrir un poste d'observation privilégié sur l'existence humaine. Quant à ses tenants et aboutissants.

Il avait imaginé ce qu'aurait pu être la sienne s'il n'avait jamais quitté cette petite ville portuaire. Ces vingt dernières années n'avaient peut-être constitué qu'une parenthèse inutile dans sa vie avant de revenir ici et de retrouver Simone. Il avait fixé le béton lépreux du bunker à l'extrémité du capot, les deux mains sur le volant gainé de cuir noir, et lui avait confié, sans entrer dans les détails, l'ordinaire de sa survie menacée au cours des vingt dernières années. Et, détails ou pas, c'était quand même la première fois qu'il en parlait.

– Vingt ans partis en fumée.

Il allait décrocher, il le sentait, le lui promettait d'ailleurs plus ou moins. Un dernier contrat à honorer. C'est trop tard pour refuser. Et puis basta. Depuis une heure, il voyait la vie différemment, et s'en voulait un peu, bien sûr, d'ainsi constater que le capital pouvait aussi vite faire de lui un esclave affranchi. Simone était restée silencieuse un long moment, jouait avec le miroir de courtoisie. Elle lui avait passé une main dans les cheveux en commençant à fredonner *Dis, quand reviendras-tu ?*

*Dis, au moins le sais-tu ?*

Il lui avait offert de prendre un verre dans un café du port, où des marins coiffés de casquettes plates et bleu marine songeaient en silence à l'avenir de la navale et de l'humanité, puis il l'avait invitée à dîner. Trois heures plus tard, au fond d'un autre bar, celui-là plus confortable, avec des étoiles de mer et des filets de pêche décoratifs accrochés aux murs, des bougies rouges sur des tables basses et des serveuses rémunérées au bouchon alignées sur les tabourets du comptoir (pas vraiment le cadre d'une déclaration amoureuse, mais on n'avait trouvé que ce bouge encore ouvert), il avait sorti des photographies en noir et blanc de son imperméable. Il lui avait montré le bungalow qu'il partageait avec Guzman sur l'île Petrolexxo (un bar-restaurant qu'il imaginait déjà de transformer en casino grâce à son héritage), photographies au-dessus desquelles peu à peu leurs visages s'étaient rapprochés, leurs lèvres frôlées, leurs langues joliment enroulées : quelques jours encore et un matin (ils s'éveillaient dans une chambre du Royal, à La Baule), il fut convenu qu'Andjelko reviendrait dans moins d'un mois de Petrolexxo, drôle de nom, dit-elle en regardant galoper des chevaux sur la plage.

## 12.

Alex n'avait finalement cessé de boire qu'après l'escale technique de San Salvador, pour alterner périodes de sommeil et de tremblements nerveux. Et Andjelko s'était demandé si, deux jours après avoir épousé Simone, il allait être lui-même ivre à ce point. Franchi le golfe de Fonseca sur le Pacifique, l'aube n'avait pas manqué de réveiller Alex et puis la peur d'Alex et tout aussitôt le bavardage mélancolique de la belle Antonia : Nous nous serions connus plus tôt, Andjelko, vous auriez été notre invité. Nous n'étions que tous les deux...

Le hasard fait parfois bien les choses, songeait Andjelko, puisque ce soir-là, il était invité chez Madeleine. Il avait dépassé le chapiteau du cirque et les odeurs de purin de la ménagerie, un éléphant curieusement coiffé d'un bonnet tyrolien jaune et rouge. Il avait laissé la DS près du portail et remonté l'allée de gravier le long des batteries de la défense côtière. Simone glissait encore dans la piscine, et un chaton chassait sur l'herbe un papillon.

Il s'était installé dans un fauteuil d'osier au-dessus de la mer, auprès de Madeleine qui lui servait un apéritif. Simone s'ébrouait sur le dallage, penchait la tête pour essorer sa chevelure, et mimait à son intention un baiser.

Pendant le dîner, à mesure que des lampes électriques dissimulées dans les mimosas suppléaient au soleil, les deux femmes lui avaient parlé de son père. Elles décrivaient en souriant ses petites manies de vieil officier, qui avait voulu organiser ses obsèques avec la minutie d'une soirée de gala à bord d'un paquebot sur le passage de l'équateur. Après le café, Madeleine lui avait un peu trop solennellement remis l'album des photographies à couverture rouge, qu'il vit quitter la tablette et heurter violemment le plafond de l'appareil.

Deux hommes d'affaires, assis devant lui, s'accrochaient à leurs ordinateurs pas si portables et revenaient d'un coup à la réalité. Vêtus du même costume bleu nuit (mais l'un grand et fort, l'autre malingre, genre de couple dont le cinéma raffole et abuse), ces deux-là n'avaient pas cessé de pianoter en silence depuis le décollage, déplaçant de quelque pression de l'index des sommes fabuleuses, lançant des raids assassins, jetant ici ou là quelques milliers d'ouvriers sur le carreau avec ce sourire énigmatique des gamins devant un flipper, jusqu'à ce que leurs écrans simultanément se couvrissent de formes géométriques complexes mais pas disgracieuses, que les maisons de change leur devinssent inaccessibles, que les bourses en un mot leur fussent coupées. Des objets aussi divers que des mallettes de polyester noir et des fleurs en bouquets, des parfums détaxés se mirent à pleuvoir des coffres à bagages, sous lesquels les masques à oxygène dansaient au bout de leur ombilic en fœtus dépités. Dans les haut-parleurs du bord, la voix très calme mais préenregistrée d'une hôtesse... *attención por favor...* annonçait que les conditions de vol n'allaient pas permettre à l'équipage... *su cinturón...* de procéder à la distribution des plateaux du petit déjeuner. L'avion commençait à piquer du cockpit, et Andjelko songeait que finalement tout était mieux ainsi.

Les derniers dormeurs étaient éveillés sans ménagement par les stewards, et prenaient aussitôt conscience que les milliers de circuits imprimés, de petites bricoles électroniques qui limitaient jusqu'à présent le vol à l'apaisante vibration du fuselage ne pouvaient leur masquer plus longtemps qu'ils se trouvaient quand même suspendus comme des cons en plein ciel quelque part au-dessus de l'océan. Antonia toute pâle posa sa main sur celle d'Andjelko et la pressa sur l'accoudoir. Alex voulut savoir s'il pouvait s'offrir une dernière petite mousse. Laurel et Hardy sanglés dans leur gilet de sauvetage jaune et orange pianotaient sur des téléphones qui leur furent confisqués. Ils exigeaient des informations complémentaires lorsque s'éleva... *Señoras y Señores*... la voix plutôt paterne du commandant : tous les aéroports de la région étaient fermés au trafic pour des raisons météorologiques. Le cyclone s'appelait cette année Roméo.

L'appareil dont on venait de reprendre le contrôle déviait son cap. Il se poserait dans une heure à San Pedro Sula.

## 13.

Né au large des Guyanes quelques dizaines d'heures plus tôt (soit au moment précis où Madeleine servait l'apéritif sur la terrasse, au moment où le chaton de Simone, délaissant la chasse aux papillons, se lançait à l'assaut d'un pin parasol où pépiaient des mésanges, au moment où les mariés de la veille quittaient leur palace néo-pharaonique et reprenaient leur fuite), ce n'était encore qu'un tourbillon de vent furtif à la surface de grandes vagues bleues bordées d'écume, qui aidait obligeamment, gonflant peu à peu, des barques inclinées à gagner la mer des Antilles.

Tiré de l'anonymat par l'œil vigilant, puis jaloux, d'un satellite dénonciateur (tant la vie d'un satellite peut être monotone), promu bourrasque et sitôt ouragan, Roméo s'était rué vers les zones dépressionnaires à la recherche d'une tempête à longue traîne blanche entrevue dans un rêve. Il culbutait sur son passage d'amoureux malhabile les palmiers du Yucatan, basculait des embarcations sur la mer de Floride, inondait à gros bouillons d'eaux jaunâtres les villages honduriens où voltigeaient tôles et planches arrachées. Il hurlait encore sa solitude, son désarroi, et frappait du front la paroi de l'hôtel Intercontinental où Andjelko, assis seul dans la pénombre d'un faux pub écossais, au bout de trois ou quatre verres, éprouvait une amitié réelle pour le géant condamné.

Encore une tournée des grands-ducs à la recherche désespérée d'un amour vaporeux (une virée sur la Jamaïque et les plages dévastées, un coup d'œil inquiet sur les trottoirs de La Havane et des vents déclinants déjà sur Nassau), puis Roméo s'affalerait de tout son long, exténué, au milieu de la mer des Sargasses (où les Bermudes accueilleraient un ultime soupir frissonnant au sommet des manguiers). Parmi les centaines d'arbres déracinés, jetés à la mer comme une boîte de cure-dents ou d'allumettes (vue d'avion), Cupidon fait flèche de tout bois : et l'un d'eux frappe à cet instant le grand sloop blanc que son équipage n'a pas jugé nécessaire de mettre à l'abri au fond d'un port.

La Tour d'ivoire n'en avait pas la consistance et le tronc pointu pénètre dans la coque. Déjà l'océan bouillonne sur les tapis. Le métronome est parti s'écraser sur un hublot et le synthétiseur éparpille ses touches dans la cabine. Le baromètre, avant de vomir ses billes de mercure, crie je vous l'avais bien dit (720) mais personne ne m'écoute. La jeune femme est projetée de sa couchette. Elle protège dans ses bras la guitare comme un enfant que l'ennemi voudrait arracher à son sein. Son genou heurte violemment le rebord de la table à cartes et la voilà dans l'eau éclaboussant la cabine où déjà déteignent les différentes versions de *Sorocabana*. Le jeune Carlos dévale l'escalier et boucle les écoutilles, relève la Señora qu'il allonge sur la couchette, dépose un baiser léger sur ses lèvres avant de se précipiter vers la pompe qu'il enclenche : les parcours sinueux de ces trois couples vont dès lors s'entortiller brins à brins, pour tresser les rets de la providence ou la corde du pendu.

14.

Car au décompte officiel des victimes de l'ouragan, il conviendra d'ajouter les cinq morts de cette histoire bien qu'aucun ne pérît enseveli sous une coulée de boue. Non. Tous victimes des bombes et des armes de poing. Quoique de nature et de calibre sensiblement différents. Ce qui nous fait tout de même une survivante.

# LA PLUIE

## 1.

Andjelko Hajnoczy avait conservé, intact depuis son enfance, le goût des météores et des revendications ouvrières. Grèves et cyclones, éruptions volcaniques et occupations d'usines, krachs boursiers et tremblements de terre, tout ce qui jusqu'ici excédait encore le pouvoir de la technique ou de l'économie lui semblait un allié acceptable (adolescent, le catéchisme de Una Bomber l'avait impressionné davantage encore que celui de Netchaïev).

Il s'en voulait un peu de n'être pas sorti de l'hôtel, mais une escale imprévue dans la zone 2, aux mains des Gardiens de la Pureté, présentait un risque assez considérable pour un membre de notre organisation si impure. Afin d'éviter toute surprise, il avait emprunté les passeports du jeune couple, et passé l'après-midi dans l'agence de voyages du premier étage, puis dans ce pub écossais du troisième où le cuir et le bois ciré, le cuivre et les lampes de billard donnaient l'illusion de la stabilité du monde en général et de celui des affaires en particulier. Des Gardiens de la Pureté en short kaki, les cuisses rougies, buvaient des bières par petits groupes. Un barman hors d'âge lui proposait un nouveau verre, et Andjelko allait acquiescer au moment où Alex, qui s'approchait du comptoir, lui fit signe que deux.

Le jeune homme était souriant, paraissait apaisé. C'est réconfortant d'avoir un ami comme Andjelko. On envie son usage du monde. Pour un peu, on partagerait avec lui sa femme et son magot. Antonia qui le suivait effectua une élégante pirouette pour présenter le manteau qu'elle venait de s'offrir dans une boutique du lobby. Elle était coiffée d'un petit chapeau de fourrure et portait des boucles d'oreille Van Cleef & Arpels. Andjelko sortit les réservations et les passeports de sa poche. Il déposa le tout en éventail sur le comptoir avec la précision gestuelle d'un croupier. L'aéroport d'Alajuela était inutilisable pour plusieurs jours. Il avait organisé pour eux trois une fin de voyage à étapes multiples, en choisissant les aérodromes de province épargnés.

– Départ demain matin neuf heures pour La Ceiba.

Andjelko levait son verre. Antonia commandait un Martini et des olives. Il songea qu'en des temps moins fastes il se serait déjà éclipsé avec les quelques milliers de dollars que représentaient à la revente les passeports de ces deux naïfs.

Des journaux en anglais, enfilés sur des manches en bois verni alignés sur le comptoir, annonçaient la probable reprise des hostilités en zone 4, aux mains des Soldats de la Paix.

2.

Dans la salle de restaurant du premier, ils reconnurent à de petits gestes de connivence des passagers de leur propre vol éparpillés parmi les autres naufragés. Laurel et Hardy étaient assis face à face en compagnie des téléphones dont ils avaient recouvré l'usage. L'ampleur du désagrément pouvait se lire sur leur visage, la colère contenue qu'on ne puisse encore mater comme un simple mouvement social un pauvre typhon tropical. Lorsque sonnait un appareil, tous deux déployaient des antennes et criaient des Allô, des Pronto ou des Olá, fronçaient les sourcils en essayant d'identifier à la ronde l'heureux bénéficiaire de l'appel et haussaient les épaules. Andjelko porta un toast de longue vie à Roméo.

Il assista les jeunes gens dans le choix de leurs plats, commanda une bouteille de rosé Zinfandel, répondit aux questions d'Antonia sur la vie à Limón en veillant à ne pas trop déformer la réalité, à ne pas non plus leur gâcher la soirée. Après deux verres de vin, très pâle, elle paraissait déjà au bord des larmes et Andjelko avait discrètement posé une main sur la sienne. Ils se verraient de temps à autre, assura-t-il, puisque c'était là qu'aujourd'hui l'attendait son bateau.

– Vous avez un yacht ?, demandait Alex.

Andjelko sortit la photographie d'un modeste pêche-promenade en bois, grand-voile et moteur diesel central. Il dessina au dos une vue aérienne de la côte et symbolisa, en pointillés, l'heure de navigation qu'il devait effectuer pour aller, de Petrolexxo, acheter à Puerto Limón des cigarettes ou bien prendre un avion. Antonia voulut connaître l'origine du nom de cette île, et Andjelko lui montra deux photographies des cuves en aluminium et de la raffinerie abandonnées, après que différents groupes armés jusqu'aux dents avaient fini de la mettre hors d'usage, dans leurs efforts conjoints pour en assurer la pérennité.

– Alors nous serons voisins, conclut Antonia

qui lui souriait, consciente peut-être que cette histoire allait mal se terminer, mais qu'elle n'y pouvait déjà plus rien. Elle ne veut plus le quitter, cet Andjelko.

La bêtise pourtant si anodine de cette phrase plongea à son tour Andjelko Hajnoczy dans une insondable tristesse, amena dans sa gorge quelque chose de visqueux comme de l'envie de mourir et fit qu'il accepta, se levant de table, la proposition d'Alex de remonter au troisième se finir au cognac. Ces deux-là s'installèrent dans les fauteuils en cuir. Alex affirmait avec beaucoup de difficulté syntaxique qu'il avait déjà commis les pires folies pour l'amour de cette jolie princesse. Qu'il irait jusqu'à tuer pour pouvoir la garder auprès de lui... Andjelko n'était que médiocrement ivre lorsqu'il regagna sa chambre du treizième. Assez toutefois pour retrouver le jeune homme pâle assis sur son lit dans la pénombre, de fort méchante humeur :

– Où en es-tu, Andjelko ? Qu'attends-tu de ce couple de zigotos ? Devenir l'amant d'Antonia ? L'ami d'Alex ?

Le spectre ricanait, la mèche en bataille :

– Ou bien la solitude te devient-elle à ce point insupportable que je n'y suffis plus ? Que ne suffit plus l'évocation de nos rêves splendides ? De nos espoirs magnifiques ? Aurait-il fallu en plus qu'ils s'accomplissent ?

Andjelko traversa la pièce dans l'obscurité, écarta deux lames d'un store, et contempla la piste d'aviation tout en bas, où des Gardiens de la Pureté gorgés de bière somnolaient au fond des pick-up Toyota orange, une mitraillette posée en travers du ventre, et protégés de la pluie par des bâches en plastique transparent. À l'égard du passé, qui continuait à l'invectiver dans son dos, il eut ce geste fatigué de la main droite par lequel on demande à un vieux chien trop affectueux de s'écarter, à la mort d'attendre encore un peu.

Reprise des hostilités en zone 4.

Il songeait à la ville de Lourenço Marques, dont certaines de ses propres bombes, et aussi celles de Guzman, avaient considérablement modifié le parc immobilier avant qu'elle ne devienne Maputo.

## 3.

Au cœur du sommeil
Ancrés dans la rade noire
Des navires balancent
Leur coque désespérée

N'était la DS rouge, Andjelko n'avait conservé de son père que cet album rouge lui aussi, sur les pages duquel alternaient poèmes à la plume et photographies en noir et blanc, qu'il n'ouvrait que la nuit.

Il lui semblait alors que son père avait perdu sa vie sur ces paquebots si lents, ces prisons marquetées et silencieuses, gentiment bercées. Il imaginait cet homme qu'il avait détesté plus qu'aucun autre quitter la table des officiers à la fin d'un dîner, passer prendre un dernier verre au bar des premières, rejoindre seul sa cabine et aligner ces mots contre l'ennui, coller ces photographies reçues à bord et classées par bateaux successifs, l'Armand-Béhic, le Calédonien, le Paul-Lecat, et sur lesquelles Andjelko se voyait grandir peu à peu.

Il pensait parfois que cette vie avait été tragique et que la sienne ne l'était pas moins, mais il atténuait aussitôt son jugement, ouvrait la porte du minibar et concevait que toute existence, ramenée à une gouttelette essentielle, et placée sous l'œil objectif d'un microscope, devait contenir un pourcentage de malheur statistiquement équilibré.

Sous une photographie de lui à sept ou huit ans, debout sur une plage, l'homme mûr en uniforme blanc, assis seul dans sa cabine, la casquette à galon doré retournée sur le bureau d'acajou, avait écrit :

À quel âge perdons-nous ce sourire
Irradiant
Du simple bonheur d'être né ?

4.

– Très bientôt, répondit Andjelko qui ne souriait plus. Dès demain, peut-être.

Antonia avait fermé les yeux. C'était la fin de la matinée.

Ils avaient eu de la pluie pendant leur dernier vol, à bord d'un Piper Aztèque que la bourrasque baladait comme une mouette, et il pleuvait encore sur la route bordée de part et d'autre d'une végétation dégoulinante, de l'aérodrome jusqu'ici, près du port. Des arbres arrachés baignaient dans la boue jaunâtre et leur taxi levait des vagues écumeuses. Ils avaient attendu qu'un bulldozer déplaçât devant eux des troncs, poussât des rochers, puis longé une cimenterie, des kilomètres de grillage, des cimetières de voitures, une zone commerciale entourée de barbelés où une bande de motards avait arrêté le taxi : leur chef coiffé d'une crête iroquoise rouge sang (dont la teinture se délayait en ravins sanguinolents sur ses joues) était venu frapper de la pointe de son couteau sur la vitre, et le chauffeur lui avait remis quelques billets froissés. C'était une pluie lourde, sonore, qui s'abattait à présent sur le toit de tôle ondulée du White Star Snack que tenait un Chinois empâté.

La construction était en bois et en plaques de métal, assez vaste et pour partie montée sur pilotis. Elle s'avançait au-dessus d'une mer houleuse et se prolongeait en estacades de planches spongieuses que l'eau salée recouvrait à chaque vague. Antonia portait depuis deux jours son manteau neuf froissé par le voyage et son petit chapeau de fourrure. Elle était assise devant une tasse de thé posée sur une table recouverte d'une toile cirée gluante, à côté d'Alex, dont le regard vitreux se perdait au-delà des bouteilles de bière vides et des lampions chinois sur les eaux jaunes du port de Limón. *El Rey Midas*... À leurs pieds reposaient la valise et le sac de sport que longeait une blatte indifférente et Andjelko les abandonnait. Oui, Midas, songeait-elle, c'est logique. L'histoire de ce type qui transformait en or tout ce qu'il touchait.

*Calle 9, donde espera a sus pacientes para atenderlos con el esmero de siempre*... Antonia regardait la main trop blanche et tremblante qui tentait sans la hacher menu d'extraire une cigarette du paquet. Ils étaient enfin parvenu ici et cet homme, auprès d'elle, dans un hangar de bois et de tôle, était un parfait inconnu. *VENDO 2 Caballos de raza, 1 Andaluz peruano,*

*4 años (entero), 1 Arabe 5 años (castrado).* Elle fit l'effort de retrouver certains détails de leur aventure amoureuse depuis l'année passée jusqu'à ces derniers jours, l'euphorie de leur fuite secrète, mais ces souvenirs déjà la renvoyaient à une époque extraordinairement lointaine. Elle promenait un regard vide sur les murs en bois, les plaques publicitaires des marques de bière ou de savon, d'autres slogans plus évidents, comme *El Rey Midas hace valer su auto como el oro*, ou encore celui de l'agence matrimoniale World Lovelies, *No se puede vivir sin amar.* Tiens, pensa-t-elle, ici aussi, il y a une agence World Lovelies, c'est comme les Mc-Do. Vraiment partout dans le monde. Près de l'entrée gisait un moteur horsbord dont le capot avait été dévissé. Assis sur le sol, un grand mulâtre en combinaison d'aviateur en extrayait des pièces mécaniques qu'il déposait entre ses jambes sur un chiffon maculé de cambouis. Il lui faisait de l'œil tout en soufflant à travers un gicleur pour le décrasser. Au comptoir, Andjelko s'entretenait avec le Chinois maître des lieux. Et il aurait suffi d'un geste de lui pour qu'elle se lève.

Et ces deux-là, qui sait, auraient vécu l'immense bonheur que chacun cherche ou feint d'avoir trouvé (mais qui pourrait très bien exister néanmoins, même invisible, comme mettons les acariens au siècle dernier : les grandes amours se dissimulent peut-être à tous nos regards, pour jouir d'elles-mêmes, dans le silence et l'obscurité). Elle l'aurait suivi sans un mot, sans un regard pour Alex qui sans doute n'aurait pas bougé, aurait continué à frotter sous son pouce l'allumette trop humide. Elle aurait pris son sac et elle l'aurait suivi. *Restaurante Los Ranchos...* Sur le mur devant elle étaient punaisées d'autres annonces, des cartes de visite qu'elle déchiffrait une à une. Andjelko qui leur tournait le dos s'informait auprès de Ming du passage de la tempête, et négociait le prix des travaux d'entretien effectués sur son bateau.

Assis sur un tabouret, près de la caisse, il avalait des petits raviolis à la vapeur qu'il pinçait entre le pouce et l'index, la tête rejetée en arrière. *¿Problemas alcohólicos ?* DR ARMALDO ALVARADO *informa sobre la nueva dirección de su clínica : contiguo a Pizza House en la calle 9, donde...* Elle allait devoir décider Alex à traverser l'espèce de cour envahie de boue jusqu'au taxi, et donner au chauffeur l'adresse de l'hôtel India, qu'Andjelko leur avait recommandé. Là enfin, tirant mollement prétexte de la fatigue du voyage, il dormirait jusqu'au soir, et elle attendrait son réveil en fumant des cigarettes, assise sur une chaise dans la chambre d'hôtel et coiffée de son petit chapeau ridicule. Elle attendrait le retour d'Andjelko (il avait bien dit Dès demain ?). *No se puede vivir sin amar...*

À quelques mètres d'Andjelko était assise une longue femme brune aux cheveux lisses, pour laquelle Antonia éprouvait déjà la plus grande jalousie. Elle s'entretenait à voix basse avec un jeune Latino en veste blanche immaculée. Une guitare était appuyée contre le comptoir. Devant eux reposaient un électrophone et une pile de disques. J'étais installé seul à l'écart, dans l'ombre et devant un verre, avec l'élégance d'un noctambule surpris par l'averse, une cravate rouge chiffonnée et un costume blanc élimé.

Médecin amateur, c'est à moi qu'était revenu, le matin même, prévenu par Guzman, le soin d'interroger le jeune couple de navigateurs au cours d'un simulacre de consultation. Ces deux-là, qui portaient en différents endroits du corps ce que mes connaissances assez vagues en la matière m'avaient permis d'identifier comme des contusions bénignes, se retrouvaient par hasard dans la situation d'Alex et Antonia, mais nous manquions à leur sujet d'informations. Et leur avenir était incertain. J'observais à tour de rôle les deux jeunes couples, l'un à la dérive et l'autre en plein naufrage, et songeais à la notion de hasard, que Cournot définit comme la rencontre de séries causales indépendantes.

J'allai finalement poser une main sur l'épaule d'Andjelko et l'entraînai dans la pénombre. Je lui confiai que, selon les naufragés, leur bateau avait été surpris par l'ouragan et s'était réfugié en catastrophe au ponton de Petrolexxo. Un pêcheur les avait amenés ici pour l'équivalent de deux ou trois mois de ses revenus. Je préférais garder près de moi le jeune skippeur, et je demandai à Andjelko de raccompagner la Señora jusqu'à Petrolexxo. Puis je traversai à nouveau la salle, allai poser la même main sur l'épaule de Carlos Sörensen. Celui-là avait le visage cuivré par des semaines de mer ou quelques séances d'ultraviolets. Les cheveux et la moustache lisses et très noirs lui faisaient sur les tempes l'aile de corbeau apprivoisé des danseurs de tango. Il semblait avoir à peu près l'âge d'Alex (celui de se fourrer dans de mauvais coups), et je le guidai vers la table du jeune couple en cavale, ou plus précisément en fin de cavale, et en bout de piste. Je réglai les consommations, et proposai que nous prenions tous les quatre le même taxi pour l'hôtel India.

Après s'être échangé par-dessus le comptoir une poignée de billets de banque, Ming et Andjelko traversaient la salle côte à côte en compagnie de la Señora qui tenait la guitare dans ses bras. Les deux hommes faisaient plier les planches sous leurs pas et suivaient la chanteuse en portant l'électrophone et la pile des disques. Ils évitèrent l'esplanade bourbeuse en longeant une baraque en bois, descendirent jusqu'au quai, que protégeaient des pneus de camion suspendus à des cordes.

5.

Minuscules silhouettes noires à l'extrémité du môle (ils paraissent soucieux, trop éloignés pour que nous puissions surprendre leur conversation), ils observent ce port de Limón qui, davantage encore qu'à la couleur de ses eaux, pourtant jaunes et limoneuses, doit son nom à l'essor des exportations d'agrumes au début du siècle dernier. De cette époque de prospérité relative demeure, en bordure du chenal, la coque d'un vieux vapeur échoué à la gloire du négoce et promu perchoir à pélicans.

Des détritus et des pots de peinture flottent aujourd'hui dans le bassin, près du cadavre ébouriffé de l'un d'entre eux. Des barques de pêche endommagées ont été tirées au sec comme des merlins alignés et attendent auprès du chantier naval. Des soldats jouent aux cartes sur une table de camping. Derrière eux traîne en travers des rails le squelette calciné d'un camion (dont les pneus ont peut-être été retirés à temps pour être suspendus le long du quai). Oui, répétait Ming en un mélange d'anglais standard et de patois local, il était disposé à remorquer le bateau jusqu'ici et à se charger des réparations. (Le Chinois marmonnait, tout en recomptant sous son pouce les billets d'une liasse modeste.)

La pluie avait cessé et le bateau mouillé d'Andjelko luisait au soleil, repeint en rouge par les hommes de Ming bien qu'il eût préféré une autre couleur. Mais les livraisons de la Trans Cargo, qui est la seule entreprise à importer jusqu'ici des produits manufacturés, sont souvent monochromes. Et l'on pourrait ainsi dater en période bleue ou rose les magasins du port et ses entrepôts en bois, le jaune citron de la boutique d'accastillage, le bleu pervenche de l'épicerie ou le vert pomme de l'église. Les toits, quant à eux, sont uniformément noirs et goudronnés.

On avait entassé ses bagages sur le pont. On y ajouta la guitare, l'électrophone et la pile des disques. On recouvrit le tout d'un prélart étanche. Un arc-en-ciel de pétrole serpentait le long de la coque fraîchement calfatée pendant qu'elle s'écartait des pneus. Andjelko salua Ming d'une main tout en manœuvrant la barre de l'autre. Franchie la passe, il descendit dans la cabine et décacheta, comme prévu, la bouteille qui l'avait gentiment attendu au fond du coffre à voiles. Jusqu'ici tout allait bien. Le couple avait été livré en temps et en heure, et maintenant il allait pouvoir installer son casino.

Parce que vivre à Petrolexxo demandait une certaine accoutumance, à moins d'y être assigné à résidence. Et celui-là savait que c'était plus ou moins son cas. Il n'allait pas se mettre à cavaler avec son héritage en liquide au fond d'une valise, avec toute une organisation à ses basques. Même s'il était capable de s'y prendre un peu moins naïvement que ces deux imbéciles, on enverrait à ses trousses un spécialiste un peu plus spécialiste, et dans quelques mois il se retrouverait inévitablement dans la même situation, coincé à l'autre bout du monde, et tout au fond d'une souricière...

Non.

Puisqu'il était impossible de fuir Petrolexxo, il fixait son regard dans le miroir de rasage suspendu à un clou : l'arrivée de ce bateau pouvait constituer une manœuvre de plus dans l'obscure stratégie de la World Lovelies, ou d'une organisation concurrente. Il était aussi fatigué qu'Antonia par toutes ces histoires, Andjelko. Il aurait volontiers donné son magot à ses employeurs invisibles pour qu'on le laisse en paix. Mais c'est vingt ans plus tôt, qu'il fallait y penser. C'est le petit jeune homme pâle, qui s'était fourvoyé, et il allait payer pour lui. Il observait à travers la vitre sale la Señora assise tout à l'avant, à cheval sur le beaupré, figure de proue cheveux au vent qui frappait les vagues de ses pieds nus (Avoue que tu n'as jamais croisé une femme aussi belle, glissait le petit fantôme pâle qui s'était assis sur le coffre à voiles). Andjelko écoutait le bruit régulier du diesel et celui de l'eau contre l'étrave en bois. Au large, c'était une eau verte et blanche, très légère et scintillante.

## 6.

Elle glissait le long des cuisses, des mollets, s'attardait aux chevilles et abandonnait à regret les longues jambes de Simone qui remontait vers le sable sec, s'asseyait dans un transatlantique à côté de Madeleine. Entre elles reposaient des magazines pointillés de mica, des flacons d'ambre solaire, une bouteille d'eau minérale. Ignorante de la situation barométrique du monde, Simone déjà s'inquiétait de n'avoir pas reçu de nouvelles d'Andjelko. (C'était comme un petit nuage qui obscurcissait la plage pour elle seule, à la verticale de son transat, et la suivait jusqu'à l'eau.)

Oui, si on était Simone Le Brenn, on commençait un peu à s'inquiéter, ce matin, pour la première fois. C'est qu'on a déjà une certaine expérience des projets échoués, des avenirs qui semblaient à portée de main et puis se sont évaporés. On a vu plusieurs fois passer l'amour en son carrosse et cru qu'il allait s'arrêter, au début en songeant qu'un de perdu dix de retrouvés, et puis le temps passe. On s'enferme semble-t-il dans la catégorie des grandes maîtresses blondes, celles que les hommes ont plaisir à inviter au restaurant et plus si affinités. Dont ils louent l'indépendance. À laquelle ils se garderaient bien d'attenter.

Les riches clients de l'étude, on pourrait se les faire un par un et pendant quelques années on ne s'en est pas privée. L'arrivée, ou plutôt le retour d'Andjelko (ce petit jeune homme idéaliste et ténébreux, auquel on n'aurait jamais osé adresser la parole lorsqu'on avait seize ans) avait d'un coup tout bouleversé, mais on connaît un peu les hommes, suffisamment pour l'imaginer à cet instant prononçant les mêmes phrases absolument sincères aux genoux d'une autre femme. On dispose bien d'un levier redoutable. On pourrait par exemple égarer un dossier, commettre une petite indélicatesse informatique et bloquer la succession. On dispose depuis quelques jours d'une procuration sur les deux comptes Hajnoczy, celui du vivant comme celui du trépassé. On pourrait s'enfuir avec une valise pleine. Mais on s'en veut aussitôt d'imaginer une chose pareille. On envie le calme et la sérénité de Madeleine, assise dans le transatlantique parallèle, qui regardait la mer au travers de ses verres fumés, puis fermait les yeux, offrait son visage apaisé au soleil.

Elle convoquait en son esprit l'image du beau marin hongrois, ses cheveux blancs ondulés, ses yeux bleus, son élégance surannée, dont le fils à son goût n'est qu'une copie grossière, un peu trop aventurier. Et si on est Madeleine Turquin, on considère qu'on ne méritait pas ce coup du sort, que la vie est vraiment la dernière des salopes. Après tous ces efforts pour demeurer séduisante et gaie à deux pas du gouffre, on avait misé sur le mauvais cheval. On se voyait chaleureusement entourée de l'affection d'un vieil homme charmant jusqu'à la fin de ses jours, et tous les plans sur la comète s'évanouissent pour une histoire bêtement coronarienne. Il faudrait encore une fois recommencer. Contacter ce jeune Michel Botin, le directeur de l'agence matrimoniale World Lovelies de La Baule, et laisser défiler sur l'écran de son ordinateur les photographies des vieux beaux de la région ou d'ailleurs, sous le regard ouvertement ironique de sa secrétaire aux cheveux de lionne, cette pimbêche de Myriam. Mais déjà on n'en a plus la force. On ne pourra bientôt plus vivre seule dans cette grande maison au bord de la mer. On le sait bien. C'est plutôt le notaire aux cheveux ras et roux, maître Alain Saint-Criq, qu'il conviendrait de contacter. Mettre les deux villas en vente et acheter l'un de ces studios médicalisés pour vieilles femmes riches en attendant la décrépitude, et finalement jeter l'éponge. Vieille peau friquée, répète-t-elle. Oui, vieille peau friquée. Allez, non, on se reprend. On ferme son magazine, on pose une main sur le bras de Simone qui semble somnoler au soleil, dans l'insouciance de la jeunesse :

– Allons déjeuner à la maison, propose-t-elle. J'ai envie de crevettes et de vin rosé.

## 7.

Guzman et Andjelko s'étaient assis à une table de la terrasse rayée par l'ombre des roseaux. Quelques clients en chemise blanche plaisantaient en patois et jouaient leur paie aux dominos. Des casiers à bouteilles en plastique rouge, des caissettes à poisson en polystyrène blanc grimpaient de guingois le long des murs et l'installation électrique, soutenue par du fil de fer, acheminait au hasard de dérivations alambiquées ses watts exténués jusqu'au frigo qui ronronnait. Le bar de Petrolexxo avait été construit au-dessus de l'eau dans l'espoir vite déçu de dissuader la faune locale de squatter l'intérieur. Les murs badigeonnés étaient en bois, où s'enfilaient des lézards et nichaient déjà des oiseaux.

La pluie concédait une trêve de ciel bleu pur et lumineux jusqu'au liséré blanc de la barrière de corail, au-delà de laquelle les eaux turquoise glissaient dans le gris de l'Atlantique. Guzman fumait un cigare biscornu. Il portait un T-shirt qui avait été bleu et propre il y a longtemps, et sur lequel se devinait le nom d'un groupe de rap aujourd'hui oublié des disquaires d'occasions. Hirsute et barbu, de longs cheveux noirs frisés jusqu'aux épaules et un anneau à l'oreille, genre de colosse surtout large du ventre, il avait promené son Semtex et ses détonateurs de l'Afrique aux Balkans avant de choisir son pseudonyme en hommage au chef du Sentier lumineux. Il lui manquait deux doigts à la main droite :

– Est-ce qu'il faut la liquider ?, demandait-il à voix basse.

On entendait les accords d'une guitare et les paroles d'un boléro *muy famoso* sans doute, quelque chose d'Augustín Lara ou de Manolo Palos, et que chantait une voix de femme. *Te me vas*, disait-elle, *te me vas de la vida como van las arenas al mar*... La Señora s'était assise sur la passerelle et feuilletait des partitions. Elle portait une veste militaire et les jambes nues, fumait le cigare que lui avait offert Guzman. Les reflets ondulés du disque microsillon qui tournait auprès d'elle semblaient se reproduire sur les cheveux longs et très noirs, retenus par une oreille minuscule et rejetés sur l'épaule (Non, vraiment, Andjelko, tu n'as jamais croisé une femme aussi belle...).

Guzman disposait plusieurs cigares devant un cahier ouvert. Chacun d'eux portait une bague en papier avec un numéro et une date. Andjelko emplissait les verres en silence. Ces deux-là s'étaient d'abord croisés de loin en loin, au sein des expéditions où le hasard des conflits régionaux les avait réunis, mais sans échanger rien d'autre que les quelques phrases nécessaires au bon déroulement des dévastations.

Puis nos employeurs avaient décidé de créer ce tandem permanent de révolutionnaires en préretraite, dans lequel la rigueur et le pragmatisme d'Andjelko, son pessimisme professionnel, paraissaient pouvoir tempérer l'insouciance criminelle de Guzman qui tétait à présent un nouveau cigare biscornu, mâchonnait la fumée, et consignait à mesure le résultat de ses expérimentations. (Il ne désespérait pas d'adoucir et de caraméliser encore les médiocres cigares de la région, estimait se rapprocher déjà du Partagas.) La pluie rompait unilatéralement le cessez-le-feu et crépitait à nouveau sur le toit et sur le ponton, contre lequel frottaient les deux bateaux à couple. La coque du grand sloop blanc démâté était déchirée sur tribord et embarquait à chaque vague des paquets d'eau.

Andjelko observait en contrebas les échafaudages en construction sur la passerelle, où clignoteraient bientôt dans la nuit les néons du *Perroquet bleu.* Il avait facilement obtenu de nos employeurs l'autorisation de transformer le bar-restaurant en casino, dans lequel il allait investir son héritage (la World Lovelies voyait là une opportunité de plus dans sa vaste entreprise de blanchiment où se mêlait l'argent du sexe et du narco-trafic, de la lutte révolutionnaire et de la contrebande des cigarettes...). Il envisageait d'appeler le nouvel établissement le *Perroquet bleu* en hommage à *Casablanca* de Michael Curtiz. Et pourquoi pas aussi un pianiste ?, pense-t-il à l'instant. Et une chanteuse, sur une estrade ? Guzman imaginait plutôt son avenir dans la contrefaçon du Montecristo. Les deux projets pouvaient être complémentaires.

– J'ai reçu la roulette et les jeux vidéo.

Andjelko traversa la salle du bar et remonta le couloir jusqu'aux chambres, dont les fenêtres étaient ouvertes sur les cuves à fioul à l'horizon. Le rare mobilier de son gourbi avait été déplacé et une moustiquaire suspendue au plafond. Guzman avait poussé contre un mur son matériel nautique, les cordages et les bidons d'huile, son ancre de secours. Il revint avec l'ordinateur et se dirigea vers l'arrière-salle, où seule la table de roulette avait été déballée. Les consoles de jeu dormaient à l'intérieur de grandes caisses en bois en travers desquelles on pouvait lire, pyrogravée, la marque TRANS CARGO – Import Export – Puerto Limón. Un hamac était suspendu aux poutres maîtresses et donnait à la pièce ouverte sur la mer des allures de gaillard d'avant. *Si tu ne comprends pas Qu'il te faut revenir...* Andjelko fredonnait la mélodie de Simone et promenait une main de propriétaire satisfait sur le feutre neuf de la roulette. Il avait connecté l'ordinateur, et attendait l'apparition sur l'écran du planisphère aux cinq zones de couleurs différentes. *Je ferai de nous deux Mes plus beaux souvenirs.* C'était une chanson de Barbara. *Je n'ai pas la vertu des femmes de marins... Je ne suis pas de celles qui meurent de chagrin...* Il regardait tomber la pluie.

Maintenant, il pensait à Simone.

## 8.

À travers les fenêtres de ma chambre, à l'hôtel India, j'apercevais un ciel voilé, préoccupé, tout gonflé d'eau. C'était l'aube. L'heure à laquelle les employés de la morgue municipale ramassent dans les ruelles les victimes inévitables des trafics de la nuit, qu'ils glissent dans des housses en plastique blanc.

Il pleut sans cesse, sur Puerto Limón. Une ville infestée de fièvre jaune, rançonnée par des bandes de motards à crêtes d'Iroquois plus ou moins auxiliaires de police. Ma première pensée fut pour Alex et Antonia. Ces deux-là s'éveillaient ce matin dans une chambre de ce même hôtel India, à quelques mètres de moi, en pensant avoir enfin semé leurs poursuivants éventuels – quand ils venaient tout juste, sur les conseils de faux amis, ou de vrais amis corrompus à distance par nos soins, de se jeter dans la gueule du loup. Sans doute avaient-ils déjà pu constater que Puerto Limón n'était pas vraiment la destination touristique à laquelle ils songeaient. Du moins croyaient-ils encore pouvoir récupérer leur magot. J'avais vécu dix ans plus tôt une situation très comparable. Il m'était assez facile d'imaginer leur avenir. Plutôt sombre, on l'aura compris. Pourtant ces deux-là jouissaient encore d'un certain confort : le jeune Carlos avait dû se contenter d'une banquette, dans le hall de l'hôtel.

Sans descendre du lit, tant l'opération demande une longue préparation, dès lors qu'on a dépassé un certain stade de son existence, j'appelai Tony Varela à l'agence Trans Cargo pour lui annoncer l'arrivée d'Alex. Je lui rappelai l'engagement qu'il avait pris de créer pour lui un poste honorifique de sous-directeur, avec logement de fonction au-dessus de l'agence. Le couple ainsi fixé, nous avions notre temps pour agir. Ou ne pas agir. Il importait avant tout de régler le sort des naufragés et j'appelai l'autre jumeau, Johnny Varela, chef de la police de Puerto Limón.

Assis dans un fauteuil en cuir pistache, j'avais ensuite repris le labeur chaque jour plus harassant de mettre de l'ordre dans le chaos du monde. On employait alors mes talents de polyglotte de préférence à mes compétences médicales. J'étais chargé de connecter chaque matin la radio sur ondes courtes et de coiffer les écouteurs, de laisser défiler les communiqués victorieux des multiples groupes armés éparpillés dans toutes les jungles et les savanes de la terre, les banlieues et les métros, et de percer, sous la vaste entreprise de désinformation, les alliances nouvelles ou les retournements de situations.

À une époque où la moindre guérilla ou O.N.G. s'achète et se revend sur des marchés parallèles, où l'on cote aussi les mafias et les transfuges, des radiotélégraphistes comme moi sont très mal payés pour écouter chaque jour les mêmes stations, tirer leurs propres conclusions de cette immense partie de mikado, et rédiger des rapports brillants et concis dont l'utilisation demeure largement inconnue. J'appelai le gamin pakistanais de la réception et lui demandai d'emplir mon broc métallique à l'aide de l'entonnoir en plastique rouge. Que cette famille de Pakistanais ait jugé bon d'appeler son hôtel India en dit assez sur l'état du monde.

9.

Lorsque Guzman était revenu de son séchoir, en début d'après-midi, j'avais déjà regagné mon tabouret habituel au comptoir de Petrolexxo et je regardais plonger les pélicans. Il avait poussé la porte de la cuisine et déposait sur la table graisseuse un pistolet-mitrailleur qu'il entreprenait de démonter en écoutant les rafales de pluie sur le toit de tôle. De tels hommes constituent des recrues de grande valeur pour n'importe quel groupuscule, avec cette particularité qu'ils sont aussi dangereux pour qui les paie ou les affronte. Et doivent être manipulés comme des grenades dégoupillées.

L'inquiétude légitime que lui causait l'arrivée des deux jeunes couples s'exprimait en cette minutie extrême avec laquelle il alignait chaque pièce mécanique parfaitement huilée sur la toile. Mais une heure plus tard, et l'Uzi remonté, son exaspération pouvait le submerger et lui faire briser l'arme contre un mur ou vider son chargeur à la ronde. Je me demandais à quel instant j'allais devoir plonger derrière le comptoir, et Andjelko, dont le rôle consistait aussi à prévoir cette limite, était descendu sur le ponton pour inspecter seul le bateau pendant que la Señora, enfermée dans la chambre, travaillait sa guitare et sa voix. On entendait la mélodie *Sin Retorno* de Luis Bahamondes. *Si tú te vas... Ya nunca más... Si tu t'en vas... Alors jamais plus...*

C'était une embarcation tout en bois avec un rouf central et un large pont arrière balayé par la pluie. La coque avait été endommagée à hauteur de la ligne de flottaison par un tronc dérivant. Le mât avait plié juste au ras du puits avant de céder en arrachant les haubans et une bonne partie de l'accastillage avant même que les voiles n'aient été affalées. On pouvait penser que le jeune Carlos s'était assez vite désintéressé de la manœuvre pour se réfugier dans la cabine. Là s'arrêtait l'inspection. Les écoutilles étaient cadenassées, et les rideaux tirés sur les hublots. On pouvait aussi penser que tout cela n'était qu'une mise en scène destinée à pénétrer un lieu stratégique. Des activités comme les nôtres amènent rarement à accepter le hasard, et les joueurs du casino l'apprendraient vite à leurs dépens.

Andjelko remontait la passerelle lorsqu'il entendit

la voix inquiète de Guzman qui criait dans la cuisine, et m'appelait moi aussi. Et je dus bien descendre de mon tabouret. La vedette noire et blanche, munie d'un gyrophare, battait le flanc du bateau d'Andjelko, que traversait Johnny Varela suivi de deux hommes en uniforme vert tendre. Les deux policiers longilignes, dont le short à revers descendait au-dessous du genou, écartaient les bras avec des précautions d'oiseaux marins ou de ballerines débutantes. Avant qu'ils aient atteint le ponton, les rares pêcheurs du village s'étaient déjà retranchés dans leurs baraques en planches ou éparpillés dans la forêt, et Guzman, pour qui la vue d'un uniforme réglementaire équivalait à celle d'un drapeau rouge pour un fasciste ou un taureau, était reparti vers son séchoir en emportant l'Uzi.

Après avoir ordonné à ses deux plantons de l'attendre sous la pluie, Johnny Varela nous avait suivis dans la salle du bar, où il fit son possible pour ne pas apercevoir le matériel de casino que venait de nous livrer son frère. Je contournai le comptoir et disposai des verres entre nous. Le commissaire Varela n'aurait pas vu d'inconvénients à rester assis sur son tabouret, juste sous le ventilateur, en me laissant effectuer son travail à sa place. Je lui avais confié ce que j'avais appris la veille au cours de ma consultation plus ou moins médicale. Je lui indiquai la direction de la chambre de la Señora et l'accompagnai.

Le passeport uruguayen d'Alfonsina Ocampo paraissait authentique, ainsi que les papiers du bateau. Nous avions décidé de la retenir plus ou moins prisonnière à Petrolexxo. Le commissaire Varela se chargerait d'envoyer lui-même l'ensemble des informations au siège de la World Lovelies, à Manille, et attendrait les instructions.

## 10.

– Andjelko !

C'était déjà la fin de l'après-midi. Elle se confond souvent, ici, avec le début de la nuit. Des étirements cotonneux rouges et mordorés roulaient sur le ciel plein d'eau et des barques de pêche rentraient au port à la file indienne, qu'une grue jaune et rouillée hissait au sec en grinçant.

– Andjelko !

Il était assis seul sur la passerelle. Son verre et la bouteille reposaient en équilibre sur les lattes. Ni tango ni boléro, aucun son n'avait filtré de la chambre de la chanteuse jusqu'à cet *Andjelko* qu'elle répétait maintenant un peu plus fort, avec l'inquiétude peut-être de s'imaginer seule dans ce bar sur pilotis au bout du monde, ou l'agacement de devoir encore une fois constater la lenteur habituelle du petit personnel. Il se passa une main dans les cheveux en remontant le couloir, les ébouriffa à nouveau. La porte de la chambre était entrouverte. Elle était assise au bord du lit et penchée en arrière, entortillée dans un pan de la moustiquaire tendue à se rompre. Elle balayait l'air d'une main et de l'autre essayait de s'appuyer sur sa guitare. Le crochet céda au plafond et il la souleva dans ses bras avant qu'elle ne roule sur le sol. Il respirait déjà les parfums hallucinogènes de la chevelure brune avant que ni l'un ni l'autre n'eût encore pris conscience de la situation, elle entortillée dans le voile blanc, lui la portant comme une jeune mariée dans une comédie américaine.

Ces deux-là s'accoudèrent à la passerelle, dont les lattes ajourées du bois maculé de guano découpaient une eau verte et transparente jusqu'au fond sablonneux. Elle souriait :

– J'aime la pluie.

Alors on est un peu jaloux de la pluie, évidemment.

Les yeux fermés, le dos cambré, elle offrait à l'averse son visage où perlaient des gouttelettes de sueur, et Andjelko pouvait la contempler sans croiser les prunelles noires sur lesquelles s'était abaissé le grand apparat des cils et des paupières. Elle ouvrit les yeux et lissa ses cheveux mouillés (où la lumière, mourante, accrochait désespérément des reflets). Leurs regards ne se croisaient pas, qu'ils envoyaient balader bien au-delà de la balustrade (et les regards s'en donnaient à cœur joie, glissaient sur le couchant rouge et lilas au-dessus de la barrière de corail, suivaient les loopings des oiseaux marins qui fondaient en piqué dans les flots déjà sombres). Un grand cargo rouge et noir tout illuminé glissait à l'horizon et Andjelko Hajnoczy, déjà potentiellement Traite à la Cause, n'avait vécu que pour croiser un soir la trajectoire de cette grande femme brune et trempée dont la silhouette se découpait sur la mer à contre-jour.

On connaît l'état de confusion mentale qui s'ensuit : il suffirait d'un mot, il prendrait aussitôt son sac et ces deux-là en cavale déjoueraient les filatures de leurs poursuivants éventuels, se marieraient à Las Vegas, s'éveilleraient un matin dans une chambre du Royal, à La Baule, où il lui montrerait des photographies en noir et blanc au-dessus desquelles leurs lèvres se rapprocheraient peu à peu...

Ils entendirent en contrebas les pas de Guzman sur le ponton, puis sur les lattes de la passerelle, dont le bois grinçait sous le poids des bottes (l'entrée en scène des messagers du destin a souvent cette emphase, il attend son heure, Guzman, il a déjà le doigt sur la détente, mais c'est encore trop tôt). Ils aperçurent au même instant le reflet lunaire sur le métal du pistolet-mitrailleur (et c'est pourquoi il est toujours préférable de couvrir les armes au cours des manœuvres nocturnes, serait-ce avec de la boue). Le claquement de l'ampoule leur fit plisser les yeux devant l'arrivée d'escadrons vrombissants de moustiques assoiffés de vengeance. Un doigt glissé en crochet dans une ouïe, Guzman vêtu d'un treillis, cigare entre les dents, portait un gros mérou qui pensait lui aussi vivre un jour de plus.

Mais dont la tête avait été transpercée d'une seule balle.

Ils sont maintenant dans la chambre et Andjelko vient de rafistoler la moustiquaire. Il attend encore, avance d'un pas. C'est un peu risqué. Il tend lentement la main vers la longue chevelure brune. On a peut-être déjà vécu la suite : la Señora arrête son geste en une parade d'aïkido filmée au ralenti. Elle ouvre le classeur des partitions sans même lever les yeux vers lui :

– Alors à demain, Andjelko.

Il est revenu s'asseoir sur la passerelle et se caresse distraitement le sein gauche. Il allume une cigarette, fait claquer le capot du briquet contre son genou. Les pélicans et les fantômes se disputent les pieux du ponton pour la nuit. (Tu t'y prends toujours comme un manche, ricane le petit jeune homme pâle et ténébreux.)

On entend dans le lointain des rafales d'armes automatiques.

## 11.

Ce fut aussi, pour Carlos et moi, notre première soirée dans ma chambre de l'hôtel India, où j'allais pouvoir surveiller le parolier et l'interroger discrètement. Nous avions quitté le bureau de police en fin d'après-midi. Le passeport argentin de Carlos Sörensen paraissait lui aussi authentique. Il indiquait une adresse dans Recoleta, à Buenos Aires. Nous avions traversé le quartier commerçant dans toute sa largeur, le long du canal, dont les eaux jaunâtres charriaient des fruits pourris et le cadavre d'un chien, tout raide, qui descendait le courant en tournoyant lentement sur lui-même comme la genèse d'une galaxie. Ou d'un nouvel univers. Dans lequel des vers charognards inventeraient un nouvel art de vivre inconnu et raffiné.

L'eau avait effacé les berges et recouvrait l'herbe, clapotait jusque sous les terrasses à claire-voie des boutiques, inondait les rues où le taxi naviguait en première. Toutes les chambres de l'India étaient encore occupées mais l'une d'elles, criait l'hôtelier, allait se libérer sous peu. Pour quelle raison ces Pakistanais jugent-ils nécessaire de passer toute la journée de l'opéra chinois à tue-tête ?

Je demandai à voir la chambre, dont la porte était ouverte. La belle Antonia, vêtue d'une robe d'été et d'un manteau d'hiver, coiffée d'une toque de fourrure, tirait sur le sol une énorme valise. Derrière elle, Alex était assis sur une chaise, en manteau noir et l'air absent, immobile. Il fixait intensément l'espace du lino entre ses chaussures, comme s'il avait déjà consacré ces derniers jours à courir les agences bancaires. À constater que cette succursale, non, personne ne voyait vraiment. Ou alors une faillite. Il était peut-être possible de porter plainte, avait fini par lui conseiller une énorme femme au cou viandu, de s'inscrire sur la liste des créanciers, d'intenter un procès, d'entamer une procéd... Alex aux épaules tombantes avait déjà quitté l'agence. Il s'était assis tout au fond d'une pizzeria, trempé de sueur. Où il avait recompté les quelques billets trouvés au fond de ses poches, en songeant à des mesures somptuaires inévitables.

– Là-bas, Alex, tout ira mieux. Viens.

L'hôtelier qui nous avait suivis assurait dans mon dos que la chambre serait prête dans quelques minutes, mais je doutais fort que la jeune femme pût faire bouger aussi vite son Alex, et j'invitai Carlos à venir prendre un verre dans la mienne. C'est la moins ridiculement petite de l'hôtel et je dispose, entre le lit en fer poussé contre un mur, le lavabo saillant sur le mur opposé, et un grand téléviseur hors d'usage posé au milieu, d'un espace libre de quelques mètres carrés, avec fauteuils en cuir pistache et téléviseur en guise de table basse. Je rinçai les verres et les emplis d'alcool.

Assis dans l'un des fauteuils, jambes croisées, le jeune Carlos observait les vêtements épars autour de lui, le plan de Berlin-Est et les vieux journaux qui grimpaient en piles serpentines le long des murs, les ordinateurs, le matériel de radio, les cravates seyantes, le bidon en fer surmonté d'un entonnoir en plastique rouge, une affiche publicitaire de la World Lovelies, *No se puede vivir sin amar...* J'estimais que la retenue enseignée dans les écoles privées de Recoleta lui interdisait toute question, et je lui fournis de moi-même quelques justifications de ces capharnaüms conjoints qu'étaient devenues peu à peu ma chambre et ma vie.

Depuis dix ans, je n'avais quitté ni la région ni Limón et très peu l'hôtel India. Ni même cette chambre, dont je balayais devant lui le triste panorama d'un geste circulaire qui s'acheva comme à l'accoutumée sur l'anse du bidon. Je remplis les verres et lui confiai avoir beaucoup aimé Buenos Aires autrefois, et tout particulièrement le beau quartier de Recoleta. Je lui posais quelques questions sur les réformes économiques de Cavallo lorsque l'hôtelier vint frapper à la porte, pour nous annoncer que la chambre était libre. Je proposai à Carlos de nous retrouver une heure plus tard, pour aller manger une bricole dans le White Star Snack de Ming sur le port, où il pourrait dès ce soir organiser le remorquage de son bateau.

J'ouvris un tiroir et lui tendis un pistolet chinois TT, c'est le modèle le plus répandu dans la région, en lui conseillant de le glisser sous son oreiller. Il le prit avec la maladresse de qui n'a jamais tenu une arme et me quitta en tremblant. Il proposait que nous reprenions notre entretien pendant le dîner.

Peut-être s'agissait-il d'une simple forme de politesse enseignée dans les écoles privées de Recoleta : on n'interrompt jamais une conversation sans proposer qu'elle soit reprise le plus tôt possible, même si l'interlocuteur est un vieux poussah nostalgique, baleine échouée ressassant de vieilles lunes révolutionnaires. Mais cette marque d'attention me réjouit et, seul, je me servis un nouveau verre. J'avais coiffé les écouteurs et laissais défiler les ondes courtes. Je me fixai sur une station yéménite officielle qui conspuait un groupe rebelle de l'Hadramaout, et l'accusait d'être manipulé de l'extérieur. Rien de nouveau sous le soleil. Ni sous la pluie. Je consignai néanmoins l'information.

12.

Il ne me fut pas si facile, après la disparition d'Andjelko, de rassembler les quelques lettres et documents qu'il avait pu laisser derrière lui. (Mais ce jeune notaire aux cheveux ras et roux, maître Alain Saint-Criq, pouvait prétendre à une incarnation de la vénalité.) L'ami que j'avais dépêché dans cette lointaine ville portuaire et balnéaire était rentré souriant, avait déposé devant moi l'enveloppe jaune à en-tête de l'étude notariale en réclamant son chèque, ayez des amis.

Les courriers électroniques expédiés par Andjelko pendant ces quelques jours fourmillent de détails sur la vie dans la région. Il note par exemple que toutes les bouteilles sont les mêmes, à Petrolexxo, hautes et cannelées, sans étiquettes, et que seule la couleur de leur contenu peut éventuellement varier. Ce sont pour la plupart des textes dont la syntaxe est approximative, dont la publication ne saurait subvenir aux besoins d'une retraite paisible. Andjelko écrivait comme il parlait. On le sait laconique. Il est impardonnable. Une aussi grande souffrance eût produit sur un autre un effet stylistique.

Le premier soir, il s'était assis devant la table de la cuisine et feuilletait l'album rouge des photographies paternelles. Il atteignait verre après verre à la scène mille fois vécue de (s)on père assis mal rasé, cigarette allumée au coin des lèvres, verre soudé à la main. Il aurait suffi d'un mot. Il ne l'avait pas prononcé. Il avait lui-même porté Sa valise et L'avait accompagnée jusqu'à la gare maritime, jusqu'à l'échelle de coupée. Et Elle des années plus tard qui entrait dans ce bouge, rayonnante, éperdue, les cheveux blonds mouillés, le cherchait du regard dans la pénombre et la fumée, l'apercevait enfin...

Cette lettre pourrait renvoyer à la photographie d'une jeune femme blonde, en chemise et pantalon sable, accompagnée de la mention manuscrite *Djibouti, Le Palmier en Zinc, 1949.* (On aimerait croire que cette jolie femme en saharienne avait été le seul amour du père d'Andjelko, du moins jusqu'à la rencontre tardive de Madeleine Turquin (mais alors l'ancien marin avait abandonné la poésie comme la photographie)).

Lorsque Carlos et moi étions entrés dans la salle du bar, Andjelko avait éteint l'ordinateur et nous avait rejoints au comptoir. Guzman fixait son verre avec une telle concentration qu'on pouvait s'attendre à le voir se fendiller. Andjelko et la Señora fumaient en silence et regardaient la pluie sur la mer. J'avais raconté notre dîner imprévu avec Alex et Antonia, au White Star Snack. Nous avions encore retrouvé ces deux-là le lendemain, dans la succursale Trans Cargo où nous avions passé la commande de pièces de rechange pour le bateau. Alex venait d'être nommé sous-directeur de l'agence et s'était installé avec Antonia dans l'ancien appartement de Tony Varela, au premier étage. Je proposais de les inviter un soir à Petrolexxo, parce qu'il fallait bien qu'on en finisse. Sans répondre, Andjelko avait traversé la salle et s'était installé dans son hamac.

Pendant l'heure de navigation du retour, le jeune Carlos m'avait confié son inquiétude. Il avait déjà vu la Señora dans des situations comparables.

Les choses s'étaient souvent mal terminées.

– C'est une femme dont il est facile de tomber passionnément amoureux, dit-il comme pour lui-même... Mais dangereuse.

Je ne lui avais pas posé de questions. Je pensais à Guzman, et à la situation potentiellement explosive de ce huis clos sur l'île Petrolexxo de la Señora et des deux artificiers. L'eau traversait peu à peu la bâche du canot automobile que nous avait loué Ming. Elle perlait au-dessus de nos têtes et nous glissait sur le visage et dans le cou. Depuis dix ans, cette pluie ne semble pas avoir cessé, qui donnerait presque envie de rejoindre les rangs du front Polisario, dans le Sahara, pour le seul plaisir d'être au sec.

13.

– Tu souffres, Andjelko ? Et toi qui prétendais avoir changé !

Le spectre du vieillard que serait Andjelko Hajnoczy vingt ans plus tard s'extirpe de la bouteille d'alcool et s'installe dans le hamac, les mains rassemblées derrière la nuque. Le visage du presque cadavre est entaillé de rides profondes, les cheveux longs et blancs : Si tu la laisses filer, c'est fini, Andjelko. C'est la dernière fois que la vie te sert ainsi sur un plateau. À toi de voir. Me laisserais-tu mourir seul ? Oui, bien sûr, inévitable. Mais rongé par le remords de n'avoir pas su la retenir ?

Une heure plus tôt, il s'était assis au comptoir pour regarder la mer. Il joue maintenant à faire une toupie d'une pièce octogonale. On connaît les arguments fallacieux de la passion amoureuse : Ta vie va exploser pour l'odeur hallucinante d'une chevelure respirée à travers une moustiquaire, Andjelko. Il te reste à Lui proposer de rester ici. Elle attend que tu Lui parles, Andjelko. Elle nage en cercles au pied de la passerelle et Elle attend que tu Lui parles.

Andjelko envoie valser son verre en direction du hamac et descend vers le ponton. Le ciel est gris et brumeux où le soleil invisible se délaie en lueurs jaunâtres. Il monte à bord de son bateau, cherche la bouteille d'alcool dans le coffre à voiles et s'asseoit devant la barre. Tu n'as vécu ce que tu as vécu que pour un jour croiser la trajectoire de cette femme, Andjelko. Rien d'autre n'a jamais eu d'importance. Plus rien n'en aura jamais. Devant cette belle captive dont on vient de te confier la garde, il te faudra mettre un genou en terre, Andjelko. Il te faudra ramper. Ou bien l'aider à s'évader ?

Le spectre alcoolique doit se tenir sur le faîte des arbustes résineux bordant la plage, parmi les oiseaux noirs. Andjelko surveille la mer. Comme aux temps divins, Elle va surgir des vagues, la lumière du jour en à-pic sur sa chevelure noire luisante, sur la peau toute resplendissante d'eau salée, sur la fête de son sourire où scintilleront des myriades de soleils en particules... L'extinction si vite venue des enthousiasmes sur lesquels tu avais cru bâtir ta vie, ce désespoir qui s'ensuivit, tout cela n'aura été qu'une longue et tortueuse propédeutique à ceci, Andjelko : croiser Sa vie... Il avait lancé la bouteille d'alcool qui éclatait en débris étincelants au pied des arbustes. Et il fut ainsi donné à des fourmis et à des insectes divers, à des araignées, de constater combien l'ingestion de la molécule $CH_3$-$CH_2OH$ peut modifier le comportement du vivant.

14.

Elle était assise dans la salle de bar, un drap de bain sur les épaules. Andjelko s'était dirigé vers le hamac sans la saluer et s'était allongé. Et si on est Alfonsina Ocampo, bien sûr, on pense que c'est un peu fort de café. Même si on ne s'attendait pas à le voir revenir avec des brassées de roses. Toujours un peu la même chose. L'atavisme des mâles. Vocation de maris trompés. Incapables de rien comprendre. Appellent ça l'amour parce qu'ils n'ont aucune idée de ce qu'est l'amour, en ont vaguement entendu parler, alors chacun en veut sa petite part privative. Pourtant bien sûr, pas mal, cet Andjelko. Et même très bien, comparé à ce benêt de Carlos. Incapable, même le temps du sexe, de transcender leur relation. Impression d'être une princesse qui s'envoie son page, avec Carlos. Alors une fois c'est drôle mais après des semaines de mer.

Oui, elle avait eu envie de cet Andjelko et aurait pu lui céder dès le premier soir. Elle aurait bouleversé la vie de ce pauvre benêt qui l'aurait implorée à genoux. Elle connaît l'histoire : c'est celle d'une dizaine de tangos, et c'est aussi l'histoire de sa vie. Toujours leurs grands airs à vous culpabiliser, quand vous ne faites que refuser un bonbon à un diabétique. Pas de sa faute à elle si elle provoque la passion plutôt que l'amourette. Là encore les clichés. Pensent tous qu'une grande brune aux cheveux lisses, les yeux noirs, alors forcément grande infante de Castille. Poncifs de la chanson populaire. Ah, les chansons d'amour, l'amour toujours, comme si elle allait y croire, elle qui passait sa vie à les écrire et à les chanter. Comme si elle allait tomber dans le panneau, elle qui était du côté des artistes, et de la vaste conspiration des artistes qui ont inventé de toutes pièces ce mythe de l'amour. Qui bien sûr n'a jamais existé ailleurs que dans les livres et dans les chansons.

Mais ces imbéciles prennent ça au pied de la lettre, se disent mais alors oui, ça existe, le grand amour, alors il m'en faut un moi aussi, vite. Et croient vivre leur grand amour quand ils ne font jamais que reproduire les situations des chansons entendues à la radio. Pauvres benêts. Attendrissants, en fait. Et peut-être finalement l'inviter sous sa moustiquaire, cet Andjelko. Tant pis pour lui. Qu'est-ce qu'elle y pouvait, elle, si elle déclenchait ainsi les passions ? Chacun sa croix. D'autres femmes jamais prises au sérieux. Mais avec elle, même les camionneurs et les marlous perdaient leurs moyens, se voyaient devenir à leur corps défendant des troubadours de l'amour courtois, s'empressaient de dissimuler leurs grands posters de femme à poil accrochée dans les cabines de leurs monstrueux engins.

Oui, elle avait essayé ça, elle aussi, les parkings des stations-service au bord des autoroutes. Mais on voulait toujours en faire une madone. Lui dresser l'autel de l'amour et allumer les bâtonnets d'encens. Et même ce Guzman par exemple, elle y avait pensé, bien sûr, le genre même de grands costauds qui d'un coup dans ses bras devenaient chique molle, petits gamins ivres d'amour et alors le sexe bonjour. Parce qu'enfin la chanteuse d'amour c'était elle. Pas vraiment besoin de chantres de l'amour platonique sans talent le soir dans son lit, encore mieux l'après-midi, d'ailleurs. Oui, peut-être finalement appeler cet Andjelko. Parfois le désespoir leur fait du bien, les revigore.

Parce que tout ça, quand même une question de biologie pure et simple, pas mettre ça dans un tango, bien sûr, surtout pas dans un boléro. Là c'était l'âme qu'ils voulaient tous entendre, *porque te fuiste* et ainsi de suite *ad libitum.* Mais enfin la réalité c'était quand même le grain de la peau. La seule qui ne soit pas menteuse, la peau, on a plaisir à la toucher ou pas.

Celle de ce preneur de son, espèce de gros porc, oui, sale gros porc. Elle ne regrette rien, légitime défense. Avait eu ce qu'il méritait, ce salaud. Mentalité d'esclavagiste. Elle savait tout ça avant, bien sûr, l'avait lu dans ses yeux de loukoums écœurants, ses manières onctueuses et dégoûtantes, ses grosses bagues et son casque stéréo, seulement voilà, elle savait aussi que cette peau, c'était de ça qu'elle avait envie à ce moment-là un point c'est tout. Avant d'être chanteuse, elle a étudié la chimie organique. Elle sait que le désir amoureux est provoqué par l'action des peptides sur l'hypothalamus, surtout la lulibérine. Voilà, oui, peut-être lui proposer une petite sieste, à cet Andjelko, plutôt envie en fait, la lulibérine sans doute, de plus en plus à vrai dire, très envie, même, et puis évidemment l'abandonner, qu'est-ce qu'il croyait ? Plus ou moins bistrotier dans une île pluvieuse et perdue qui empeste le mazout. Et elle pousserait la gueulante derrière son comptoir peut-être ? Fin de vie de chanteuse décatie au fond de son rade c'était ça son grand amour ? J'aimerais vous parler, Andjelko.

Il était allongé au fond du hamac. Il avait entendu les pas sur les lattes du plancher, de plus en plus proches. Elle était maintenant debout à côté du hamac, les deux mains posées à plat sur la table de roulette, en maillot de bain noir et mouillé :

– Voilà...

Il était descendu du hamac. Il fixait les numéros disposés entre eux sur le feutre vert, à l'intérieur de leur rectangle respectif, que limitaient les grandes alternatives du rouge et du noir, du pair et de l'impair, du passe et du manque. C'est l'un ou l'autre, pense-t-il. Faites vos jeux.

Et c'est alors qu'il avait vu s'approcher le fantôme du petit jeune homme pâle, qui était venu s'installer entre eux, attentif, et s'asseyait sur le tabouret du croupier.

La Señora lui parlait pour la première fois d'une voix très douce, avec un sourire malicieux :

– Je me sens plutôt en forme. Cet après-midi.

Il aurait suffi d'un mot, il le voyait bien, Andjelko.

Et sans doute l'aurait-il prononcé s'il n'avait à cet instant croisé le regard stupide et tout excité du jeune homme pâle qu'il avait été vingt ans plus tôt, déjà tout prêt à se jeter aux genoux de la Señora sur un claquement de ses longs doigts de guitariste. Il avait un peu hésité, puis brusquement décidé de lui prouver combien il avait changé, à ce morveux, de lui montrer que personne ne pouvait le siffler comme un chien, que dans ce domaine au moins il n'avait d'ordres à recevoir de personne. Elle avait attendu que la main tremblante se tendît à nouveau vers ses longs cheveux noirs. Mais il n'avait toujours rien dit.

Elle avait brusquement lancé le volant de la roulette. Elle regagnait sa table et reprenait ses partitions en songeant non mais quel idiot : il le paiera cher. Il le paiera très cher. Elle est ainsi, Alfonsina Ocampo. De temps en temps, il faut qu'il y en ait un qui trinque pour tous les autres. Ce sera lui.

Elle jette les partitions par terre.

Elle va déployer tous les charmes dont elle est capable et elle ne lui cédera jamais ! Cet homme va se consumer sur place et elle soufflera sur ses cendres !

Dans la salle de bar, Andjelko pose les deux mains à plat sur le feutre vert. Il suit les sautillements sonores de la bille d'acier sur les barrettes métalliques entre les numéros (pensant c'est le Cinq c'est le Cinq et quand c'est le Cinq en effet il s'en fout éperdument).

## 15.

Et le lendemain matin bien sûr, si on est Andjelko Hajnoczy, on s'est éveillé d'assez mauvaise humeur. Avec le sentiment nauséeux d'être passé à côté de sa vie. Alors on est descendu de son hamac pour se diriger vers la cuisine.

Des traces fraîches du passage de Guzman se lisent

encore, un grand couteau près d'un pain tranché avec des miettes autour, des relents de friture et des coquilles d'œuf. On se prépare tranquillement un café. Le désordre sur les étagères de guingois est un ordre pour Guzman : des produits frais voisinent avec des boîtes de conserve et des bocaux d'épices, des ustensiles mécaniques et un mixeur électrique taiwanais, un nécessaire à cirage, des écouvillons de dimensions diverses, des boîtes de graisse pour l'entretien des armes à feu. Déjà l'eau bout, et on la verse lentement sur la mouture.

Après avoir coupé le brûleur du gaz, on revient dans la salle du bar pour allumer l'ordinateur et lire le courrier. On va chercher une tasse dans la cuisine en attendant qu'apparaisse le planisphère aux cinq zones de couleurs différentes. On boit le café fumant dans quoi deux sucres se dissolvent. Deux messages de la World Lovelies, ce matin. Le premier, qu'on imprime, annonce que l'organisation se chargera d'acheminer un mât par l'intermédiaire de la Trans Cargo, et demande les caractéristiques techniques du bateau. (On pourrait bloquer ce message, bien sûr, et retarder un peu le départ de la Señora, on hésite, mais à quoi bon.) On finit même par s'imaginer que tout est mieux ainsi. On va pouvoir s'occuper d'Alex et Antonia. L'amour aurait passé, on le sait bien. On n'a plus l'âge du petit jeune homme pâle et ténébreux. On ne sera jamais le vieillard aux cheveux blancs. On s'en doute bien déjà un peu.

Le deuxième message est chiffré, et il faut aller chercher dans la cuisine la disquette de l'algorithme avant de l'imprimer. On en profite pour se resservir une tasse. Maintenant on le lit. On transpire. On fronce les sourcils. On se caresse distraitement le sein gauche.

Après le deuxième café, Andjelko relit le message et le glisse dans sa poche. Il va fouiller derrière le comptoir pour retrouver la matraque réservée aux clients récalcitrants (mais il y en a peu, une main de Guzman sur la gueule, même avec deux doigts en moins, détend vite l'atmosphère). Il l'a trouvée, il passe son imperméable et sort sur la terrasse, s'asseoit sur la passerelle. Il lui faut encore quelques minutes, mais pas plus, avant d'aller frapper à la porte de la Señora, qui ne répond pas. Il s'y attendait un peu. Il entre quand même. Il lui apprend qu'elle doit partir tout de suite.

– À la nage ?

Il tend la main vers la longue chevelure noire. Elle se prépare à nouveau à sa parade d'aïkido au ralenti. Ils ne vont pas jouer à ça toute leur vie. Il lui assène un violent coup de matraque sur la nuque et la prend dans ses bras avant qu'elle ne roule sur le sol. Il descend vers le bateau avec la Señora enroulée dans la moustiquaire et l'allonge sur le coffre à voiles.

Une fois au large, dans une direction très inhabituelle et opposée à Port-Citron (on est un peu perdu, à vrai dire, il va falloir trouver la carte), on sort le courrier de sa poche et on le défroisse. Le message est adressé aux deux artificiers de Petrolexxo. Il leur est demandé d'attendre la fin des travaux sur le bateau puis d'installer une bombe à fond de cale. De telle façon que ces deux-là s'en aillent périr au large après plusieurs jours de mer. On observe son visage au fond du miroir de rasage suspendu à un clou. On sait bien qu'on est à deux doigts de commettre une grave erreur. Qu'on l'a déjà commise.

C'est à son tour de cavaler.

De poursuivant le voilà poursuivi.

## 16.

Ça devait arriver, pense Madeleine, avec ce garçon.

Après plus d'un mois sans nouvelles d'Andjelko, les deux femmes ont déjeuné en silence sur la table du jardin, sous les nuages gris qui s'amoncelaient.

Alain Saint-Criq était entré le matin même dans le bureau de Simone, et avait déposé, avec un sourire, mais sans rien dire, des relevés de compte sur son bureau. Maintenant l'orage éclate. Les relevés des deux comptes Hajnoczy frissonnent au vent comme de grands papillons sur le muret, au bord de la piscine, retenus par un galet, et il faudrait les mettre au sec. Andjelko vient de retirer une somme considérable, en liquide, dans une banque de Baltimore, aux États-Unis. Il ne reviendra jamais.

Simone, dans la cuisine, lave les assiettes et les couverts avec un peu trop de concentration. Elle les rince et les dépose, au fur et à mesure, sur un égouttoir en plastique bleu. Madeleine range divers produits alimentaires dans les placards blancs laqués suspendus aux murs. (Elle constate, avec une légère inquiétude, la progression de petits vertiges, depuis deux ou trois jours, lorsqu'elle lève les bras.) Leurs gestes sont néanmoins précis et efficaces, dénués de la moindre précipitation, exagérément appliqués, peut-être. La porte-fenêtre est ouverte sur la pelouse qui reçoit les premières gouttes de l'orage.

– Tu dois bloquer les deux comptes, avait répondu Madeleine après avoir lu les relevés, puis trempé les lèvres dans son porto.

Elle en fait une affaire personnelle, Madeleine. Elle ne laissera pas Andjelko faire le jeune homme dans les palaces pendant que Simone l'attend ici. C'est grâce à elle que ces deux-là se sont retrouvés après vingt ans de séparation. Elle ne les laissera pas se perdre à nouveau. Ils sont faits l'un pour l'autre. Elle le sait. Elle pourrait diriger une agence matrimoniale avec autrement plus d'efficacité que ce Michel Botin, de la World Lovelies, pour ne rien dire de cette Myriam, son assistante insupportable. Et puis c'est l'argent de Janos Hajnoczy, qu'on jette par les fenêtres ! Encore quelques battements cardiaques et celui-là serait devenu son époux ! Mais elle ne devrait pas se mettre dans des états pareils, Madeleine, pas à son âge (elle remarque à nouveau que, depuis quelques jours, sa main gauche répond avec un léger retard aux sollicitations neuronales dont elle peut être l'objet).

Assises devant la pluie, qui depuis quelques minutes s'écroule avec fracas de l'autre côté de la baie vitrée, ces deux-là déposent des sachets de thé au fond de leur tasse, qu'elles emplissent d'eau bouillante. Le parfum de la bergamote se mêle à l'odeur atlantique qui est celle de l'océan juste en contrebas.

# LES DIEUX MULTICOLORES DE L'ASIE

1.

Carlos et moi entrions au White Star Snack avec nos vêtements mouillés. C'était la mauvaise saison mais aucune n'est bonne à Puerto Limón. Tout baignait dans l'eau tiède et il y avait encore davantage d'humidité en suspension dans l'air que dans toute la boue des rues. Ici la mer se prolonge sur la terre en marais, qui se métamorphose en ville sans qu'il y ait de coupure entre la mer grouillante de poissons et la ville grouillante d'hommes. Carlos voulait savoir si la pluie allait bientôt cesser. Il était d'humeur maussade depuis plusieurs semaines, depuis le départ imprévu de la Señora qui ne lui avait jamais donné la moindre nouvelle. Il déposait son ciré jaune sur une chaise, lissait ses cheveux noirs du plat de la main. J'avais vite fait le tour de Carlos. C'était un jeune idéaliste que je m'employais depuis à pervertir. Son profil était idéal, bonne bourgeoisie et études universitaires. Peut-être un héritage, qu'il verserait à la Cause.

Je lui expliquais qu'il avait sans doute commencé de pleuvoir ici lorsque la poussée volcanique avait soulevé le centre de l'isthme à deux mille mètres. Depuis, le soleil pompait l'eau du Pacifique et la transformait en nuages, qui se fracassaient sur les pentes abruptes pour redescendre aussitôt en cascades, ruisseaux chargés de limon, torrents de boue, escaliers d'irrigation, jusqu'au canal qui traversait la ville en direction de l'Atlantique et ainsi de suite. Le tout dans une atmosphère de couveuse artificielle où croissent et pourrissent en accéléré les hommes et les orchidées. Je ne les porte pas dans mon cœur, les orchidées. Grasses femelles exubérantes à l'indécence capiteuse. Pistil serré entre les lèvres charnues, de l'améthyste au rose tendre. Lobe inférieur pendant, labelle dentelé, plissé, écartant son casque comme une concierge la clope au bec un peignoir (sous lequel les sépales, qui sont de même teinte que les pétales, se déploient comme des sous-vêtements douteux de couleur assortie). Carlos n'écoutait pas vraiment. Il regardait par la fenêtre du snack-bar son bateau réparé et calfaté, repeint mais toujours dépourvu de mât (et sans ce puissant symbole viril les bateaux, il faut bien le reconnaître, ne sont que des barques).

Ming déposait entre nous des raviolis et une théière, alignait sa théorie de coupelles en porcelaine sur la table. C'étaient toujours les mêmes petits raviolis translucides fourrés à la chair puante des poissons du port. Je commandai du whisky.

Qu'on entende bien que je ne fus dans cette histoire que le modeste intercesseur du destin ou des dieux imbéciles et multicolores de l'Asie. Mais il m'avait bien fallu faire transiter l'information jusqu'à mes employeurs, à Manille. On ne laisse pas s'évaporer dans la nature un agent de la pointure d'Andjelko. Et Andjelko savait tout cela mieux qu'aucun autre.

Pendant que nous étions attablés chez Ming, il déjouait à chaque étape de sa cavale les filatures que l'agence World Lovelies avait aussitôt mises en place. Et il y avait des spécialistes autrement plus spécialistes que lui, il le savait. Le jeune Carlos regardait son verre en hochant la tête et essayait encore de comprendre :

– C'est elle qui a organisé cette poursuite, dit-il.

Les choses s'étaient passées ainsi avec le preneur de son. Et beaucoup d'autres. Cette femme avait besoin d'être traquée en permanence par une troupe d'amoureux transis qu'elle traînait dans son sillage d'un bout à l'autre du monde, continuait-il, et dont elle feignait ensuite de ne pas remarquer la présence, tout en les observant à la dérobée dans les halls des aéroports, des hôtels ou des salles de concerts où lui-même portait ses valises. Des *mendigos* de l'amour auxquels elle faisait parfois l'aumône d'une nuit et qu'elle détruisait un par un. Les plus solides avaient parfois le courage de lâcher prise. Il souriait tristement. La plupart, fantomatiques, peuplaient les arrière-salles des gargotes où ils écoutaient à longueur de journées ses disques sur un juke-box.

– Vous ne reverrez jamais Andjelko.

Il secouait la tête :

– Ou alors dans un lieu encore plus pourri que Port-Citron, si vous en connaissez un...

Lui-même allait peut-être un jour finir ainsi, délirait-il, les yeux rougis et les joues mangées par une barbe goémonesque, de bar en bar, fixant les petites assiettes blanches des citrons coupés alignées sur le comptoir, écoutant *Sorocabana* en se souvenant vaguement d'en avoir écrit les paroles, du temps qu'il pouvait La serrer dans ses bras...

Sur un seul point, Carlos ne se trompait pas : je ne revis jamais Andjelko.

Le jour baissait et Ming allumait au briquet ses petites lampes en papier crépon. La pluie cinglait le toit de tôle et l'air empestait l'orchidée et les raviolis à la vapeur. Devant le White Star Snack, les palmiers se tortillaient dans la bourrasque et un taxi solitaire lançait des gerbes de boue. Des oiseaux passaient en rafale au-dessus des enseignes au néon roses et vertes malmenées par le vent. Des silhouettes quittaient le taxi et couraient entre les flaques, penchées sous l'averse. La première, plus petite, était vêtue d'une vareuse noire et coiffée d'un chapeau. Elle portait deux valises.

2.

Le chauffeur les déposa près de l'entrée et referma la porte en luttant contre le vent, plié en deux, pendant que son chapeau versait quelques litres d'eau sur le plancher et sur ses godasses. Les deux autres silhouettes, sans ralentir, traversaient le bar à longues enjambées avec la même précipitation que l'esplanade. La première portait un manteau blanc dont la capuche, rejetée sur les épaules, découvrait des cheveux longs et blonds qui frisottaient dans l'air humide. Avant d'atteindre le comptoir, la femme demandait déjà à Ming et en anglais s'il était bien Mister Ming. Les deux femmes voulaient savoir s'il était possible de trouver ici un hôtel.

En rien décontenancé par la soudaineté de l'apparition septentrionale, ni les cheveux d'or, ni les yeux du bleu rare de son époque éponyme, Ming pointait un doigt au ciel, puis ouvrait ses paumes en fleur de lotus. Il prenait à témoin les éléments, les claques de pluie chaudes et continues (il ne déplaisait pas à Ming de faire parfois preuve de sagesse orientale). Il baissait ses paupières d'iguane et dirigeait son gros doigt boudiné dans notre direction :

– They are waiting too.

La femme éperdue, rayonnante, les cheveux blonds mouillés, nous cherchait dans la pénombre et la fumée, nous distinguait enfin. Je me levai pour la rejoindre.

C'était la première fois que je voyais Simone et je pensais que m'incombait de lui annoncer la désertion d'Andjelko. Médecin amateur, je m'acquittai de ma tache en joignant la précision à la célérité. Ainsi extrait-on une dent d'une mâchoire ou une balle d'une omoplate. La douleur est fulgurante mais elle est déjà du passé.

– Le mois dernier, il était aux États-Unis, dit Madeleine. Nous arrivons de Baltimore.

Très pâle et visiblement épuisée par le voyage, la femme aux cheveux presque violets portait une main à sa poitrine et cherchait où s'asseoir. Je les guidai vers notre table, payai le chauffeur qui vint déposer à nos pieds les valises humides et s'en fut commander une boisson chaude ou alcoolisée, vraisemblablement les deux à la fois. Le visage dans les mains, toujours vêtue de son imperméable blanc, Simone était silencieuse. Je leur présentai Carlos sans entrer dans les détails, sans leur parler de la Señora dont elles ignoraient l'existence. Ces deux-là étaient encore étrangères à l'histoire et leur vie ne semblait pas menacée.

Les relevés de comptes que Madeleine avait déposés sur la table étaient anciens. Andjelko avait sorti en une fois une partie importante de son héritage. Il n'avait bien évidemment passé que quelques heures à Baltimore et donné l'adresse d'un hôtel de la ville, puis repris ses détours en avion entrecoupés de trajets en autocar. Et nous étions là comme quatre célibataires désespérés et timides au premier rendez-vous d'une agence matrimoniale, le jeune couple et le vieux couple...

Je servais des verres de whisky en songeant à la description que Carlos venait de me donner de la Señora, que j'imaginais maintenant en costume de sirène aux longs cheveux noirs, debout à la barre, traînant derrière elle dans son chalut des amoureux pour certains déjà noyés. Un agent aussi fiable qu'Andjelko avait accepté de tout perdre pour elle et je concevais combien une organisation comme la nôtre pouvait tirer profit de la séduction de cette femme, combien de bombes, de troupes clandestines et d'armement pouvait remplacer à elle seule cette Pasionaria cheveux au vent... Je décidai d'envoyer toutes ces informations au siège de la World Lovelies, à Manille. Les deux femmes vidaient leur verre et déchiffraient à leur tour les slogans publicitaires sur les murs du White Star Snack, les cartes de visite. *El Rey Midas*... À l'odeur d'orchidée pourrie se mêlaient celles du pétrole et des bidons de peinture du chantier naval inondé. *No se puede vivir sin amar*... Ces deux-là mangeaient machinalement, les yeux dans le vide (je leur avais offert mon bol de raviolis).

3.

Le même taxi nous avait accompagnés à l'hôtel India, où j'avais loué une chambre pour les deux femmes qui étaient aussitôt parties dormir, malgré l'opéra chinois qui inondait les couloirs. Insuffisamment mélomanes, Carlos et moi avions repris la voiture pour nous rendre chez Varela. La Trans Cargo occupe l'une des rares maisons à étages et en dur au milieu des cabanes en tôle posées sur le canal et hérissées d'antennes paraboliques. La construction est en mauvais béton décrépit et protégée d'une double rangée de barbelés. Une enseigne bilingue détaille les activités des deux entreprises qui partagent ses locaux. Les bureaux carrelés sont au rez-de-chaussée, éclairés au néon, et surmontés des deux appartements à l'américaine. Entouré d'étagères en métal gris où dormaient des dossiers anciens, Alex était assis devant un bureau vide, où trônait la maquette en plastique d'un Boeing. Il nous attendait derrière une bouteille qu'il n'avait pas eu le courage de laisser intacte.

Je demandai comme chaque semaine, en tant que médecin du couple, à rencontrer la belle Antonia, que je savais déjà être l'une de ces bavardes invétérées qu'il serait bien évidemment préférable de ne jamais emmener avec soi dans sa fuite. Le jeune Alex m'indiquait d'un geste plus qu'approximatif l'escalier intérieur derrière lui. Il portait un costume beige sur une chemise locale en nylon vert. Son visage était pâle et luisant où baignaient deux yeux rougis, et il faisait un peu peine à voir, notre Alex, qui avait eu le temps de calculer qu'il lui faudrait plusieurs années d'économie avant d'espérer s'enfuir de ce paradis. Et que ses premiers salaires allaient à peine suffire à payer les traites de son frigo.

J'avais laissé Carlos prendre des nouvelles de son mât et montais l'escalier que protégeaient des lanières de plastique multicolores. L'appartement sentait l'huile et les reliefs d'un repas encombraient une table pliante. Assise dans un sofa, impériale, Antonia en robe longue était coiffée d'une perruque blonde platinée et ses yeux étaient peints en violet. Elle regardait un téléviseur où s'agitaient des gangsters philippins. Deux valises et une malle en fer parachevaient avec courage l'ameublement de la pièce trop grande et carrelée.

Nous avions commencé à parler de la pluie et du beau temps, surtout de la pluie, bien sûr, elle ne supportait pas le climat. Peu à peu elle m'avait confié ce soir-là, à voix basse, que tout ça n'était pas possible et n'allait pas durer, mais qu'ils avaient un plan. Oui, un plan. Ils n'allaient pas moisir ici. Non. Elle parlait avec lassitude, comme si elle n'y croyait plus vraiment elle-même, à ce plan. Foutre le camp, disait-elle pourtant. Puis elle s'était dirigée vers le fameux frigo neuf posé sur une palette en bois, et avait sorti un pack de bières en boîtes dont elle décachetait la première. De ses propos incohérents, il ressortait qu'Alex passait ses soirées à consulter les livres de comptes des deux entreprises de l'immeuble, une calculette à la main, redescendait au milieu de la nuit passer des ordres d'achat en bourse, à Singapour ou à Tokyo. Devant la fenêtre ouverte, l'enseigne bilingue aux néons vert émeraude et rose bonbon luisait sous la pluie et se balançait au vent. Ainsi notre jeune Alex, incorrigible, passait ses nuits à entuber la Trans Cargo dans la perspective très aléatoire de se refaire. Et il allait bien me falloir, une fois encore, faire remonter cette information. Même s'il ne m'était pas difficile d'imaginer que la World Lovelies ne laisserait pas une deuxième chance au jeune voleur amoureux de sa jolie princesse.

Antonia avait regagné le canapé et monté le volume du téléviseur à la télécommande. J'avais descendu l'escalier. Carlos et Alex s'étaient servi des petits verres d'alcool sur le bureau, au milieu des papiers éparpillés et du Boeing en plastique éclaté. Ces deux-là paraissaient même en avoir sifflé un certain nombre, si l'on en jugeait à l'état de la bouteille et du Boeing. D'un point de vue strictement médical, même amateur, il est à considérer que, si la crainte de l'avenir peut amener à une consommation abusive d'alcool, ce qui constituait l'activité principale d'Alex, on a également tendance à en user immodérément si, d'aventure, l'avenir vous sourit, et tel semblait être le cas du jeune Carlos.

Il venait d'apprendre que le mât avait déjà entamé son périple et patientait pour l'heure dans un entrepôt panaméen. Le temps qu'une barge fasse coulisser le symbole phallique d'un bout à l'autre du canal et il serait à Puerto Limón dans quelques jours. Carlos ne parvenait plus à dissimuler ni l'impatience de son départ prochain ni son ivresse présente. Il posait les lèvres sur le rebord du verre en imaginant qu'il allait à nouveau pouvoir s'élancer à la poursuite de la Señora. J'avais attrapé un verre sur une étagère. Alex levait le sien et prononçait d'une voix lugubre :

– À l'avenir...

On entendait à l'étage les coups de feu télévisés à plein volume.

4.

– Because today is Sunday.

Carlos et moi étions à nouveau attablés chez Ming (comme si nous allions passer le reliquat de nos vies devant ses infects petits raviolis), pendant qu'on apprêtait pour nous le canot automobile. Nous nous rendions à Petrolexxo, comme chaque jour depuis l'arrivée des deux femmes, et Carlos voulait savoir pourquoi personne ne travaillait ce matin sur son bateau.

– Porque hoy es domingo.

Les yeux au fond de mon verre vide, je lui parlais de l'Algérie et du Polisario. Puis de Tripoli. Mais Carlos ne m'écoutait pas, et je commandai un autre verre. Il regardait juste en bas, le long du quai, le grand sloop dont le mât avait été dressé la veille, mais pas encore haubané. La coque repeinte dansait gentiment sur le clapot du bassin comme un cheval impatient, frappant l'herbe du sabot, prêt à s'enfuir du corral au galop.

– Maalesh, glissai-je.

Il ne me restait plus beaucoup de temps pour le convaincre, et lui faire partager les mythologies révolutionnaires de ce siècle que je détaillais à rebours, de l'AZLN du Chiapas aux étudiants russes de l'Hôtel des Touristes dans la Forêt dont font mention les mémoires du général Guerassimov, pendus à dix-huit ans. J'étais passé au dix-neuvième siècle, et décrivais les faits d'armes de Bolivar, de O'Higgins et d'Artigas. Je parlais seul, bien sûr, mais ça n'est pas une raison valable pour se taire.

– Alors rien ne progresse jamais ?, demanda finalement Carlos qui ramenait son regard dans la salle, souriait et levait son verre dans ma direction. Salud y Dinero !

Je convins que non seulement rien ne progressait jamais, mais qu'il en était de même des passions humaines et des révolutions, et de leur circularité. Qu'il y allait de l'étymologie même du mot. Je levais moi aussi mon verre et l'approchai du sien, les fis s'entrechoquer :

– Et du temps pour en profiter.

Plus tard, Carlos assis sur la banquette en cuir du

pilote, derrière l'étroit pare-brise du canot, arc-bouté (poussant à fond les manettes des gaz au milieu de la grande échancrure que la proue dressée découpait devant elle comme une paire de ciseaux de couturier dans une pièce de satin vert émeraude), s'est retourné vers moi pour me demander, en criant, afin de couvrir le bruit du moteur, si j'y croyais vraiment, à mes foutaises révolutionnaires. Quant à lui, hurlait-il, tout ce qui l'intéressait dans la vie c'était d'écrire des chansons d'amour pour la señora Ocampo ! Le reste de sa phrase s'était perdu dans les embruns et l'écume du sillage, où filaient comme des poissons volants les mots cansión et revolución. Je m'étais contenté de hocher la tête, seul mouvement qui ne menaçait pas mon équilibre de Bouddha maigre, assis à même le caillebotis, le fond du pantalon trempé et la cravate au vent, la bouteille transparente et cannelée serrée entre mes jambes.

Amarrés au ponton de Petrolexxo, alors que Carlos m'aidait à descendre de l'embarcation, puis à me frayer un chemin au milieu des dizaines de bicyclettes entassées, avant d'attaquer l'ascension de l'escalier vers la terrasse où planait une musique fraîche et joyeuse, je lui demandai lequel de ces deux-là s'était suicidé, à son avis, d'Arthur Schopenhauer et de Maurice Chevalier.

5.

La salle était aujourd'hui envahie par les nombreux clients venus spécialement pour l'asado del domingo. Les grillades du dimanche. C'étaient pour la plupart des familles d'ouvriers agricoles des environs ou de pêcheurs du village. Ils étaient vêtus de chemises blanches et propres, de pantalons étroits, roulés sur les mollets pour les préserver de la boue des flaques et de la graisse des chaînes de vélo, bien que le soleil ce matin fût éblouissant – et qu'un rayon vînt darder, comme une piqûre de guêpe, l'énorme bloc de glace que Guzman tirait sur le plancher à l'aide d'un scorpion en acier. Il le hissa sur la table de la cuisine et entreprit de le concasser au marteau.

À présent des enfants couraient sur le ponton en riant et se poursuivaient sur la passerelle. Des hommes jouaient à la roulette en prenant l'apéritif et Madeleine lançait le tourniquet. Elle trônait sur un tabouret très haut, frêle déesse Fortuna qui découvrait aujourd'hui que ce rôle n'avait cessé d'être le sien toute sa vie (une position un peu en surplomb de cette agitation fébrile du monde, d'où elle avait laissé les autres risquer leur quiétude et leurs biens, puis ratissé les gains, d'un geste impassible et sûr). Et ce plaisir était si intense qu'elle fut à nouveau victime d'un très léger malaise, juste un petit vertige.

(Pendant une fraction de seconde, qui fut une heure, le monde s'était dérobé à sa saisie phénoménologique.) Mais les parieurs, trop occupés à essuyer une larme de sueur sur leur front soucieux, n'avaient pas pu s'en apercevoir.

Plus loin des couples dansaient entre les tables et sous de grands bouquets de fleurs roses, au son de la *música muy linda* qui descendait jusqu'à la plage, partait voguer comme *una barquita de vela vela, barquita de vela mar...* Simone chaloupait entre les tables et l'air sentait la viande grillée et les herbes... *Navegando tan airosa...* Elle portait un pantalon trop grand, serré à la taille par un ceinturon, et une chemise blanche nouée sur le nombril... *Se te puede comparar... Como a blanca mariposa... Un papillon blanc...*

La fête avait des allures de bal à la campagne, de guinguette et de flonflons qui réjouissaient Guzman toujours aux fourneaux, trempé de sueur et un bock de bière à la main, tisonnant la braise et y jetant des bûches. J'étais assis au comptoir pendant que Carlos choisissait les disques, qu'il déposait sur le plateau de l'électrophone à ma droite, passant des musiques de plus en plus douces à mesure que s'étirait l'après-midi, que déjà doucement déclinait la lumière, et que les convives peu à peu se dirigeaient vers le ponton par petits groupes pour rejoindre leurs barques ou rentrer à pied le long de la plage, vers les villages en chapelets le long de la côte. Les enfants poursuivaient les crabes en criant, faisaient s'envoler de lourds pélicans devant un grand soleil rouge. Les empreintes de leurs pas s'emplissaient aussitôt d'or en fusion.

Quand ne restèrent plus, éparpillés dans la salle, devant les tables périphériques, que les derniers borrachos solitaires, larmoyants ou endormis, la tête au creux des bras, Carlos rejoignit Simone dans la cuisine. Ses cheveux blonds étaient tirés en chignon. Elle avait passé un tablier et transportait une pile d'assiettes. Il l'avait entraînée vers le comptoir, avait choisi dans la pile un tango de Silva, *Es nuestra despedida*, et tendait les bras pour l'inviter à danser.

Elle s'essuya les mains sur son tablier qu'elle roula en boule et jeta sur une table derrière elle. *Ves, qué fácil es...* Ils commençaient maladroitement à chercher le rythme, applaudis par les embrumés que la musique avait éveillés, et qui voyaient peut-être là l'occasion d'une tournée générale. *Por qué lloras ? Si no hay motivo alguno !* Carlos imaginait ce que pourrait être sa vie ici avec Simone, pianiste de bar et directeur de casino, et Simone à nouveau fermait les yeux, fatiguée peut-être ou simplement malheureuse, la tête rejetée en arrière. Elle se coulait à présent dans la mesure de la *despedida*, cambrée comme une volonté triste et farouche, *como se va el amor,* pendant que Carlos, les yeux fermés lui aussi, doucement lui soutenait la taille et frappait le plancher du talon, comme s'ils étaient au Sorocabana de Montevideo, et qu'il suffisait de frapper fort du talon sur le sol pour y écraser le passé tel un scorpion. *Tangueras y Tangueros.*

Ces deux-là tournoyaient maintenant comme les deux seuls vivants au milieu des ombres. Et sans doute les dieux multicolores et neurasthéniques de l'Asie n'avaient-ils combiné toute cette histoire que pour cette rencontre-là, de toute éternité les ouragans et les révolutions pour que ces deux-là, dans la lumière dorée d'une fin d'après-midi, dans un bungalow sur pilotis, à l'aplomb de la mer vermillonnée, dansent sur une arène minuscule devenue pour un instant le centre du monde. Mais les humains sont aveugles.

Il n'avait pas reconnu la grande femme blonde qui depuis des années traversait parfois ses rêves ; elle avait parcouru la moitié de la planète à la recherche d'un autre parti en cavale. Et ces deux-là, qui en n'importe quelle autre circonstance auraient compris que depuis toujours chaque instant de leur existence les avait dirigés vers cet endroit et cette minute, que leur vie tout entière n'avait eu de sens que dans la longue et fastidieuse élaboration de cette rencontre, s'étaient finalement séparés à la fin du tango, sans même s'embrasser.

Et, de cet affront, les dieux humiliés leur tiendront rigueur.

Madeleine, dont nous avions presque oublié l'existence fragile, vint mettre un point final lourd et sonore à l'après-midi en s'écroulant sur le plancher. Je conseillai de l'allonger dans la chambre de Guzman et fouillai dans les étagères de la cuisine, ouvris des boîtes en fer, trouvai un comprimé d'aspirine ou quelque chose d'approchant. Mais je n'ai jamais prétendu être médecin.

Ou alors il y a longtemps.

## 6.

Les premiers coups de feu claquèrent en fin d'après-midi, une double détonation que je n'entendis pas, non loin pourtant de cet hôtel India où je suis aujourd'hui enfoncé dans le cuir mou d'un fauteuil vert pistache, avec la sérénité d'un buffle d'eau dans la vase tiède et amniotique d'un grand fleuve asiatique. Sur un miroir au tain moisi, une mouche progresse en diagonale, inutile et minuscule *memento mori*. Les lettres d'Andjelko sont là, posées sur le téléviseur, sous l'affiche publicitaire de la

World Lovelies. *No se puede vivir sin amar...* Ce sont des courriers électroniques qu'Andjelko avait envoyés pour rien, et que je suis pour la plupart le seul à avoir jamais lus. Cravate rouge à rayures et costume blanc cassé, j'alterne ainsi l'usage des deux seuls dérivatifs qui demeurent à ma portée : à main droite ces souvenirs et à main gauche une bouteille également consignée (il me suffit de crier en direction des cuisines pour qu'un gamin boiteux vienne en échange de dix centavos me l'emplir d'alcool, à l'aide du petit entonnoir en plastique rouge assorti à ma cravate).

Je fus l'un de ces invisibles fantassins révolutionnaires, médecin amateur, dans les deux cas tueur de gens sains, et je n'ai jamais connu qu'un seul amour, comme les autres lamentable et merveilleux. Si je ferme les yeux, c'est en Asie une pelouse impeccable où sont dressées des tables blanches pour un cocktail. Plus loin stationnent de longues automobiles noires. Et sur une estrade, de très jeunes danseuses au corps androgyne, gainé d'un fourreau rigide brodé d'or et d'argent, vibrent sur place comme des libellules, en ne déplaçant que le cou et leurs longs doigts tendus, que prolongent des ongles de bambou.

Dans le jardin sont disséminées, entre les bosquets de lauriers roses, les statues multicolores des six principaux bouddhas mahâyânas. Et je fus ce jeune diplomate en habit, qu'accompagnait cette jolie femme en robe de soirée noire et lamée. Bel insecte doré, au visage aujourd'hui effacé, qui m'abandonnait et s'éloignait sur la pelouse, claquait la portière d'une longue Packard noire et luisante dont un chauffeur, casquette à la main et plié à l'équerre, tenait servilement la poignée. Et le scarabée, beau comme le tremblement des mains dans l'alcoolisme, disparaissait à l'horizon.

Bien sûr se mêlent à mon bestiaire fantastique, comme à mes anecdotes idéologiques, des parasites radiodiffusés ou des souvenirs de lecture. Rendons ce scarabée à Lautréamont. Je conserve le tremblement des mains. (Et aussi l'image paradoxale de ce visage effacé, des quelques centimètres d'une peau soyeuse et miellée sur une épaule que souligne une fine bretelle de soie noire.) Dans un geste d'agacement bien compréhensible, j'avais vidé mon verre de whisky sur la tête de l'un de ces bouddhas multicolores (celui dont me poursuit peut-être depuis la vengeance éternelle). Sans les réélections successives de Suharto, sans doute n'aurais-je quitté ni l'Indonésie ni cette femme, ni mon poste de taupe extrêmement subalterne. Nous aurions été les parents comblés d'un fils comme Carlos Sörensen. Je lui aurais dédié des poèmes que j'aurais recopiés, chaque soir, sur un grand album rouge, de telle façon que, peut-être, il aurait un jour cessé de me haïr, longtemps après ma mort (l'amour filial comme une lumière d'étoile parvenant à la surface de sa rétine bien après l'extinction des feux).

Pendant toutes les soirées que Carlos et moi, avant son départ, avons passées ensemble dans cette chambre, laissant défiler sur ondes courtes les stations émettrices du globe, je lui décrivais notre rêve ancien d'une brigade idéale, son organisation, sa minutieuse composition psychologique et le détail technique de son armement. Et le jeune Carlos était encore à ce point naïf qu'il ne semblait pas comprendre (même s'il en savait déjà beaucoup trop sur la World Lovelies pour pouvoir à présent décliner notre offre). J'exposais la théorie des focos, vaste réseau arachnéen destiné un jour à envelopper de son velours la lente révolution de la planète entière. Nous consultions des atlas, des plans de villes sur lesquels je lui indiquais les quartiers à infiltrer (et sur lesquels il me suffit, aujourd'hui encore, de suivre le parcours de mon ongle dans Berlin pour reconstruire mentalement tous les immeubles du Kurfürstendamm, à la vitesse de ma promenade, obliquer dans la rue Dahlmann vers Charlottenburg, et saluer des visages connus).

Je changeais parfois de plan et remontais Corrientes à Buenos Aires, de l'Obélisque à Callao. Les yeux fermés, je lui donnais à l'allée le nom des cinémas, dans l'ordre : le Lorange, le Lorca..., et au retour, en revenant vers le centre, le nom des théâtres et des music-halls : le Plaza Corrientes, l'Alvear Astral... Il me corrigeait sur certains points et m'annonçait en riant des faillites, des changements de direction intervenus pendant toutes ces années où je n'avais pas quitté Puerto Limón et si peu l'hôtel India, moi qu'une main invisible ici nourrit, abreuve surtout. Vieille baleine échouée crachant l'alcool par ses fanons. Loin du Vieil Océan. Dans les lettres écrites à Montevideo, Andjelko ne cite qu'une fois Lautréamont. Je retrouverai cette lettre.

Aujourd'hui que Carlos repose par le fond, aujourd'hui que Carlos a péri en mer, je l'aime comme j'ai finalement aimé tous ceux qui, par lâcheté, politesse ou inadvertance, m'ont abandonné à la vindicte des dieux multicolores de l'Asie. J'aime la terre entière, ce globe oculaire vitreux, à la surface duquel j'aurais déplacé mon existence comme un phosphène parfois trouble la vision (et qu'un battement de paupières suffit à renvoyer au néant qu'il n'a jamais vraiment quitté). Je continue à parler seul dans le silence. J'aime le silence qui m'entoure *por todo lo que perdí. Que no se quede callado, quien quiera vivir feliz. Qu'il ne reste pas muet, celui qui veut être heureux...* C'est une chanson d'Atahualpa Yupanqui.

Carlos avait offert tous ses disques à Simone avant son départ, et les paroles des boléros, des tangos, seront les dernières à flotter sur le bourbier de mes pensées, et ce n'est pas un symptôme de la maladie d'Alzheimer. Dans toute affection cérébrale spongiforme, on le sait, même un médecin amateur le sait, ce sont les noms propres qui s'envolent les premiers, en essaims de papillons bigarrés. Avoir pu retrouver, à la même minute, et dans les lobes les plus périphériques de mon être, deux patronymes aussi excentriques et alphabétiquement éloignés qu'Alzheimer et Yupanqui peut raisonnablement incliner à un certain optimisme quant à la suite logique de mon récit.

## 7.

La situation ne pourra pas durer. Il me reste environ cent mille pesos, pas encore la mendicité, mais les deux comptes sont bloqués. J'ai sauvé la vie de la Señora. Ce qui suffit largement à racheter une existence aussi ridicule que la mienne. J'essaie de la voir le moins possible pour ne pas attirer vers elle une éventuelle filature. Je la surveille de loin, modeste garde du corps en imperméable crasseux, enfoui dans l'ombre, et la situation paraît lui convenir.

La semaine dernière, Elle s'est enfermée à l'hôtel Biltmore de Miami, dans Corral Gables. Avec un nouveau parolier. J'étais installé dans un Travel Lodge motel, bien loin des beaux quartiers. Je revenais dès l'aube tenir la garde en espérant que les portiers me laissent entrer. Ce matin, un homme m'a suivi du Biltmore à l'aéroport, et j'ai dû attendre la dernière minute pour courir vers la salle d'embarquement.

Puis retour à Montevideo.

Ville aussi plate que le rio qui la baigne et la pampa qui l'entoure. Ni jungle ni volcan. Le point culminant doit être ce Palacio municipal en briques rouges au sommet duquel je suis monté dans l'après-midi, par désœuvrement. Accoudé à la rambarde, j'ai suivi dans le vent glacé le départ d'un grand cargo rouge et noir pour Buenos Aires, en me souvenant d'une soirée au Plaza Corrientes, le mois dernier. Mais parle-lui, Andjelko. Achève cette jolie poursuite amoureuse ou bien tue-la. Elle te doit la vie, Andjelko. Je me suis retourné. Et j'ai projeté dans le vide ce petit jeune homme pâle et ténébreux qui me poursuivait depuis vingt ans. J'ai vu son fantôme tournoyer le long de l'édifice de briques rouges et s'écraser sur le bitume de la calle Soriano.

8.

Andjelko avait enfin payé sa bière et quitté le restaurant. Il devait la guetter dans un recoin ombragé du parking. On pourrait le semer en moins de deux, pense-t-elle. (On a déjà déjoué tant de filatures amoureuses.) Pas vraiment un spécialiste, cet Andjelko. Dans la matinée, à Miami, elle avait dû simuler une migraine et presque manquer l'avion en attendant de l'apercevoir qui courait vers la salle d'embarquement. Elle remplit maintenant son chèque au stylo, très lentement. Elle n'y a jamais cru une seconde, bien sûr, à cette histoire de mafia, de bombes dans un bateau. Il avait dû taper ça le matin même sur son ordinateur, ivre d'amour pour elle. Elle avait trouvé ça très romanesque. Un peu trop compliqué pour en faire un tango, mais l'idée était là, qui confirmait sa théorie selon laquelle l'amour n'est qu'une vaste fumisterie, une invention pour esprits faibles incapables d'affronter la totale inutilité de l'existence. Oui, il lui a bien plu, cet Andjelko, aujourd'hui fauché comme un hidalgo, et qui mange des sandwiches aux roulottes des parkings.

On l'avait déjà suivie plusieurs fois jusqu'au bout du monde, mais jamais aucun admirateur n'avait inventé une histoire aussi belle. Elle en avait été flattée, attendrie, aussi. Pendant des semaines, ils avaient voyagé d'aéroports en aéroports. Elle exigeait des chambres doubles. Il payait tout. Puis il avait bien fallu se remettre au travail. Et maintenant qu'Andjelko avait eu ce qu'il voulait, et elle aussi, maintenant qu'elle s'était offerte à lui un soir à la sauvette et en levrette (elle l'avait coincé dans les toilettes pour hommes du Plaza Corrientes de Buenos Aires), elle allait encore le mener un peu en bateau.

Dans quelques mois, comme les maris volages et ruinés dans les tangos, cet Andjelko tout piteux ira rejoindre la femme de sa vie, s'il en a une. Elle n'en sait rien. Ils n'en ont jamais parlé. Ils ont très peu parlé, d'ailleurs. Quelques mots. Une phrase ou deux, qu'il interrompait très vite d'un haussement d'épaules. Comme si, finalement, il était impossible de lui expliquer quoi que ce soit, puisqu'il ne voulait pas démordre de son histoire de filature, et de leurs deux vies en danger qu'il essayait de protéger. Oui, s'il a une femme quelque part, il ira la rejoindre et ces deux-là, tout à la joie de se retrouver, lui seront à jamais reconnaissants d'avoir fait planer un tel risque sur leur amour – ou ce qu'ils appellent naïvement ainsi. Ils se souviendront toujours de ce noir vautour à l'ombre duquel ils se serreront encore plus fort l'un contre l'autre (tiens, pense-t-elle en déchirant un coin de la nappe en papier, une image à réutiliser dans un boléro, l'ombre du noir vautour). Puis ces deux-là participeront obstinément à la survie de l'espèce des auditeurs et des admirateurs...

Ce en quoi, si on est Alfonsina Ocampo, on s'égare bien sûr absolument.

Parce qu'on ignore tout des activités d'Andjelko pendant ces vingt dernières années. Qu'on préfère ignorer l'existence de la World Lovelies. Qu'on refuse encore d'y croire.

## 9.

Je n'avais pas touché un verre d'alcool de la matinée, puis passé un costume blanc immaculé, coiffé un panama blanc à galon gris, une cravate à rayures bleues, et Ming lui-même semblait porter des vêtements un peu moins dégueulasses qu'à l'accoutumée.

Il avait dressé pour nous une table tout à l'extrémité de la jetée, sous un parasol jaune citron, avec un seau à glace où baignait une bouteille de vin blanc argentin. Simone portait une robe d'été blanche et bleu ciel et m'annonçait que Madeleine, bien que toujours allongée dans la chambre de Guzman, allait un peu mieux. Elle avait demandé du papier et s'était mise à écrire à son notaire, maître Alain Saint-Criq (mais aucun amoureux transi, bien sûr, pour porter celle-ci jusque sur la terrasse : la vieillesse est un naufrage en eaux paisibles, nul besoin d'ouragan). Entre les lattes de bois gris, le long de l'estacade, glissait une eau verte et scintillante et Carlos était venu nous embrasser.

Puis il avait rejoint son grand bateau blanc, lequel avait lentement quitté le port au moteur, hissé ses voiles blanches juste devant nous, qui agitions un peu bêtement nos serviettes de table. Il s'était incliné sur bâbord en attrapant la risée, et Simone l'avait suivi jusqu'à l'horizon avec des jumelles (à cet instant amoureuse peut-être du beau Latino mais c'était un peu tard) en écoutant une dernière fois *La Despedida* qui nous parvenait de l'intérieur du snack-bar (le vent attisait les longues flammes de ses cheveux blonds ondulés). Et Carlos cinglait déjà en haute mer vers la Señora qu'il rejoindrait bientôt. À moins que, par une nuit de brouillard, le bateau blanc n'aille s'écraser comme un moustique sur la coque rouge et noir d'un immense cargo inattentif. À moins que, par un acte malveillant, un artificier comme Guzman n'ait déposé à fond de cale une bombe au Semtex, qui n'exploserait que dans quelques jours... (Je lui avais demandé de régler le détonateur sur quarante-huit heures, la mort dans l'âme, bien sûr, mais cet imbécile de Carlos, lui non plus, ne voulait rien comprendre.)

Et puis il disparaît tant de bateaux...

Les jumeaux Varela étaient venus s'asseoir avec nous, Tony dans une élégante tenue de gangster méditerranéen, pompes bicolores et costume bleu pétrole sur une chemise jaune canari, et Johnny dans une tenue noire plus réglementaire, avec les deux petites têtes de mort en argent au revers du col. Le jour baissait quand nous avons fini les bouteilles, et j'ai aussitôt proposé que nous rentrions à l'intérieur du snack, et que nous passions à des breuvages moins hypocrites. Des lampions en papier crépon rouge dansaient le long de la jetée. J'ai fouillé dans la pile des disques déposés sur le comptoir. Je savais que la nuit allait être longue. J'avais la ferme intention de boire jusqu'à l'aube et d'écouter quoi que ce fût de plus terrible encore, *Déjame* par exemple, *no quiero verte nunca más. Que trate de vivir en paz.* Simone, silencieuse, jouait à faire des ronds olympiques sur le bois de la table avec le fond de son verre, *no digas que ya estoy borracho como ayer*, sous le regard ouvertement lubrique des jumeaux, *más daño que el alcohol me hirieron las angustias*, quand un jeune policier en short kaki est entré en courant dans la salle.

Les jumeaux continuaient à reluquer Simone et à siroter leur caña en chantant tout bas *la sombra de tus ojos. El rojo de tus labios. El fuego de tus brazos.*

Et le coureur de Marathon essoufflé, au point de ne pouvoir parler, désignait successivement du doigt Tony puis Johnny Varela, Johnny puis Tony Varela, puis l'extérieur, où sans doute un événement particulièrement grave appelait l'un d'entre eux. Et chacun souhaitait le départ de son alter ego afin de rester seul ici en compagnie de la Francesa, la jolie blonde en robe d'été bleu ciel. Car tel est le calvaire de la gémellité, qu'on s'éprend souvent de la même femme (et qu'elle n'a que très rarement une sœur jumelle).

Cependant il devint clair, peu à peu, les poumons policiers à présent correctement ventilés, que l'affaire concernait la Trans Cargo (Tony Varela leva les yeux au plafond), nécessitait l'intervention de la police (ce fut le tour de Johnny), et requérait la présence d'un médecin (je vidai mon verre).

– Je vous accompagne, a dit Simone.

(Bien que, selon les dires du sans-grade, la situation ne paraissait requérir la présence de nulle déesse.) J'insistai pour qu'elle attendît dans ma chambre de l'hôtel India, où Guzman viendrait la prendre, j'avais tout organisé.

Nous nous étions installés tous les trois dans la Ford noire de Tony, les jumeaux à l'avant. Mais j'avais déjà suffisamment vécu pour voyager à l'arrière d'une autre automobile noire, une longue Packard des années soixante, bringuebalante, sur une route indonésienne au milieu des camions et des camionnettes, des jonques et des sampangs, des autocars polychromes chargés de voyageurs jusque sur les toits, de caisses de poules et d'enfants en grappes pendus aux portières. Des ampoules électriques nues éclairaient médiocrement les étals de grillades et cahotaient des chars tirés par des buffles d'eau, des brouettes et des bicyclettes. Grands dragons de papier multicolores survolés de feux de Bengale et de la fumée des pétards. Des chiens jaunes efflanqués tournaient autour des braseros dans l'attente de quelque déchet sanguinolent. Foule chargée de tous les fruits du monde et de téléviseurs et d'aspirateurs, naviguant dans la boue au milieu de la musique stridente des transistors à plein volume, et des ornières qui me donnaient la nausée.

Une voiture de police stationnait déjà en travers de la rue, devant le petit immeuble de la Trans Cargo dont la façade était balayée de bleu outremer par les gyrophares. Des policiers contenaient les badauds qu'avait attirés la double détonation. Dans le bureau du rez-de-chaussée, dont les murs instables se refermaient sur moi comme le couvercle d'un carton d'emballage, le corps d'Alex était recouvert d'une bâche. Une mince rigole de sang suivait à angles droits les raccords du carrelage, sous l'éclairage particulièrement infâme des tubes de néon blancs.

Au premier étage, la belle Antonia en robe de soirée était assise sur le sofa et des policiers l'entouraient, pendant que je gravissais l'escalier en m'agrippant à la rampe, traînant après moi les lanières multicolores du rideau anti-mouches en plastique. À mon arrivée elle vivait encore, mais pour quelques minutes. À moins bien sûr d'imaginer des soins intensifs, des perfusions, un hélicoptère et pour aller où, soins inutiles au vu de son état, tout comme serait inutile l'analyse des empreintes digitales sur la crosse du pistolet chinois TT que Johnny Varela tenait par le canon à l'aide d'un torchon de cuisine. Quel intérêt y aurait-il à savoir lequel de ces deux-là avait tiré le premier, puis retourné l'arme contre lui ? Ou bien s'ils s'étaient suicidés à tour de rôle ? Après un pacte ? Un dernier baiser ? Non. J'avais beaucoup plus simplement fait appel à un professionnel de chez World Lovelies, à Guzman encore une fois, qui ne rechignait pas à ces basses besognes et avait délaissé l'Uzi et le Semtex pour le TT plus anodin. Ce genre de détails intéressait d'ailleurs assez peu Johnny Varela, qui ne voyait pas la nécessité d'élucider une affaire déjà classée. Les deux projectiles avaient successivement traversé les deux boîtes crâniennes et l'information suffisait à mon rapport d'autopsie.

J'avais traversé la pièce en titubant jusqu'au frigo

neuf posé sur sa palette en bois. J'ai tendu une boîte de bière à Tony Varela assis sur une chaise à l'écart, et très pâle, moins habitué que son frère à la rugosité du monde. J'ai décacheté la mienne en attendant qu'Antonia en finisse avec son existence, puis fait signe aux policiers de la glisser dans son sac en plastique blanc. La fin de ces deux-là était un peu pitoyable. Difficilement évitable. Les cavales s'achèvent souvent ainsi. Ils s'étaient peut-être crus un instant Bonnie & Clyde, braqueurs de banques et amants légendaires.

La réalité est toujours un peu plus sordide que nos pires cauchemars.

## 10.

Au fond du bar était assis le type que j'ai vu la semaine dernière à Miami, dans l'aéroport, sur un tabouret du bar cubain, et qui aurait pu me faire manquer l'avion. Peut-être un admirateur anonyme de la Señora... Combien sont-ils (combien sommes-nous) à la suivre ainsi tout autour du monde ? Nous étions à quelques tables d'elle, au Sorocabana, où nous venions de l'écouter chanter *Sorocabana*, qu'elle a dédié à son parolier disparu. Sans lever les yeux, j'écris ces lignes. Elle a répété plusieurs fois qu'elle partait demain matin en week-end à Punta del Este. Un peu trop fort, pour ses musiciens assis tout auprès d'elle. Je n'irai pas à Punta del Este.

Devant de nouvelles Porteña, à une table du Pikador. Je préfère les sunlights stroboscopiques et catégoriques du Pikador. Où les filles chantent en playback, se déshabillent sur une estrade tournante, décorée de cœurs en plastique rose et argent, avant de défiler nues le long du comptoir, où clignote un néon rouge Marlboro dans lequel on croit retrouver le nom du Montévidéen. Deux filles sont assises avec moi devant ces *russos* mauves et imbuvables. Une bande de marins coréens dansent sur la piste au milieu des strip-teaseuses. Je viens d'apercevoir l'homme de Miami. C'est donc bien l'un de mes propres admirateurs de chez World Lovelies (qui est peut-être filé, lui aussi, à son insu...). Ne m'écris pas. Je change chaque jour d'hôtel.

Et je vais devoir quitter dès demain l'Uruguay. (On retrouvera sans doute très vite le type de Miami dans le local à poubelles du Pikador.) Tu es la seule à pouvoir vider les deux comptes, Simone. Fais-moi cette faveur. Place ce qu'il reste d'argent dans une valise. (Comment dit-on, déjà ? Réaliser son Capital ?) Prends une chambre à ton nom pour plusieurs jours au Royal de La Baule. Je vais récupérer l'album des photographies de mon père et j'arrive. Je repar-

tirai aussitôt. Il y a dans cet album une photographie dont j'aimerais te parler, Simone, mais nous ne nous reverrons pas. C'est une photographie dont j'avais déjà très envie de te parler il y a vingt ans. Quand tu ressemblais tellement à cette jeune femme blonde en saharienne debout devant le Palmier en Zinc de Djibouti, en 1949. Cet homme L'avait accompagnée jusqu'à la gare maritime, avait porté Sa valise jusqu'à l'échelle de coupée, L'avait laissée partir en abandonnant tout derrière elle. Moi, j'ai sauvé la vie de la Señora. Nous ne nous reverrons jamais. Je ne te propose évidemment pas de m'accompagner pour une cavale de plus, inutile, à la surface de la planète et pour aller où ? Sur la piste, au milieu des Coréens, une fille chante Nosotros
Que del Amor
Hicimos
Un sol maravilloso...
Simone... Un soleil merveilleux...
J'arrive.

Allons bon, pense le notaire.

Qu'il arrive et cesse d'écrire.

Le jeune garçon aux cheveux ras et roux est assis devant le bureau qui avait été celui de Simone, au premier étage de l'étude. Il éteint l'imprimante et l'ordinateur, glisse la lettre dans une grande enveloppe jaune où sont déjà toutes les lettres d'Andjelko. Cette fille n'avait même pas effectué son mois de préavis et ce serait à lui de faire suivre son courrier ? Pas écrit La Poste. (Quant aux deux comptes Hajnoczy, celui du vivant comme celui du trépassé, il peut sembler judicieux de les bloquer, non, si on est un notaire sérieux ? On a même une chance non négligeable de récupérer un jour le magot, si on est un notaire véreux.)

Maître Alain Saint-Criq en reçoit beaucoup, ces jours-ci, des courriers lointains et exotiques. Et dont l'intérêt n'est pas seulement philatélique. Hier, c'était une lettre de Madeleine Turquin. Elle lui demandait de mettre en vente ses deux villas et de lui trouver un studio plus près du centre pour son retour.

En début d'après-midi, il avait laissé la Mercedes blanche près du portail, avait remonté à pied l'allée de gravier le long des mimosas. Il avait longuement vérifié l'état des boiseries, fait le tour du jardin en estimant la propriété. Il était revenu s'asseoir sur cette terrasse, avait observé en souriant cette piscine en contrebas, que le crépuscule emplit à présent de carmin et d'abricot. Plus loin l'océan, où crient des goélands, dont la gorge blanche est déjà jaunie par le soir. (Nous le regretterons bien un peu, ce monde.) Et entre les deux les palmiers vert céladon du boulevard de mer, dont le reflet glisse sur le capot de la Mercedes blanche du jeune notaire.

Il paraît d'excellente humeur. Il a déjà eu le temps de se changer. Il donne de petits coups de poing dans son volant en répétant à voix basse un viager, nom de dieu, un viager.

Il a abandonné costume et cravate pour passer un polo vert amande et un short blanc. Il joue chaque vendredi soir au tennis avec des amis d'enfance. Ce sont comme lui de jeunes fils de notables qui ont assez bien réussi. Ils sortent avec une certaine fierté leurs raquettes en fibres de carbone des housses protectrices, se livrent à quelques mouvements de flexion le long du grillage, derrière le banc, où chacun a déjà déposé une serviette blanche et une bouteille d'eau minérale.

Lorsque Alain Saint-Criq avait repris l'étude de son père, l'un d'eux était interne en cardiologie, l'autre directeur d'une agence matrimoniale, et le troisième veillait aux intérêts locaux d'un géant de l'assurance-vie. C'est celui-là, le spécialiste du capital-décès, qui avait gagné, à l'issue d'un tie-break mémorable, le droit de pouvoir consulter les dossiers médicaux de certains de ses clients – qui se trouvaient être, comme la plupart des riches retraités de l'endroit, les patients d'un assez piètre volleyeur.

Ces jeunes gens qui commencent à s'envoyer quelques balles d'échauffement (et tapotent le talon de leurs chaussures du tranchant de leur raquette, comme les champions à Roland-Garros pour en secouer la terre ocre rouge, bien qu'ils jouent sur du ciment mais on peut rêver une fois par semaine) savent tous que l'espérance de vie de Madeleine Turquin est extrêmement limitée.

Même pas besoin de chercher un studio.

Penché sur la ligne de fond de court, les pieds largement écartés dans l'attente du premier service adverse, Michel Botin, le jeune directeur de l'agence matrimoniale, est le seul qui paraît un peu soucieux. Son tennis-elbow, bien sûr. (Et puis aussi ce chargement de Vietnamiennes bloqué à Cracovie, par une mafia qui lui réclame de l'armement lourd pour les Balkans. Il lui a fallu négocier directement avec le siège de la World Lovelies, à Manille).

## 11.

Assis deux jours plus tard sur le deck d'un bar de plage de La Baule, devant des Perrier-tranche au premier plan et des skieurs nautiques à l'infini, maître Alain Saint-Criq et Michel Botin discuteront de choses et d'autres, comme deux amis dont la journée de labeur est achevée, les comptes créditeurs et l'avenir ensoleillé. (Elles seront finalement sur le point d'arriver, les Vietnamiennes. Michel Botin aura bien sûr laissé quelques plumes dans ce retard et perdu quelques contrats, de vieux paysans bretons trop impatients de convoler se seront déjà pendus à quelques branches basses des pommiers à cidre, à la tombée du jour...). *No se puede vivir sin amar...* Il regarde la mer et décline avec fierté les différents slogans publicitaires de la World Lovelies, un peu partout dans le monde. *La vie c'est l'amour... Love is what You need...*

– Tiens, au fait, c'est amusant, dira le jeune notaire.

Depuis quelque temps, il reçoit des *mails* qui ne lui sont pas vraiment destinés, et dans lesquels il est question d'une certaine organisation World Lovelies.

– Tu es sûr d'avoir déposé la marque ?

De fil en aiguille, parce qu'ils auront ces Happy Hours à tuer avant de choisir un restaurant, d'appeler quelque gourgandine du moment, ils resteront sur ce sujet de conversation. Alain Saint-Criq, qui n'a pas souvent quelque chose à raconter, sentira ce soir-là qu'il est parvenu à capter l'attention d'un type qui verse tout de même quatorze salaires mensuels, dites. On comprend qu'il se laissera facilement convaincre, sous le sceau du secret amical, de divulguer le contenu des lettres d'Andjelko Hajnoczy.

– Oui, reconnaîtra finalement son ami (mais de façon très allusive), confidence pour confidence, la World Lovelies est une chaîne, si tu veux. Une espèce de multinationale...

Puis il ira régler les consommations au comptoir et remontera vers le parking.

Il est un peu déçu, évidemment, le jeune notaire, dont c'est le tour de contempler la mer. Ça n'est pas la même chose de fréquenter un chef d'entreprise ou un franchisé. Parce que lui, de son côté, l'étude lui appartient depuis trois générations. Oui. Since 1941, pense-t-il. Peut-être inscrire ça en italiques sur le papier à en-tête de la maison. *Since 1941.* Beaucoup d'Anglais, dans la région. Non, l'année, mauvaise idée. Plutôt laisser tomber. Et peut-être aussi laisser tomber le tennis avec ce franchisé. Voir ça avec le club. Trouver un partenaire, disons, mieux en harmonie avec son niveau social, oui, leur présenter ça comme ça, carrément. Dix mille balles par an, quand même, leur foutue carte. Devraient vérifier un peu à qui ils la donnent...

Assis au volant de sa Jaguar, le jeune directeur appelle déjà la World Lovelies, directement au siège, à Manille, où c'est déjà l'aube. Un tuyau de cette qualité. Exactement ce qui lui fallait pour redorer son blason. Racheter cette négociation plutôt foireuse avec ces cinglés balkaniques de la zone 5 (pas de sa faute s'il n'y connaît que peu, lui, en armement lourd). Yes in French, please ? La Jaguar remonte le boulevard de mer en direction de l'agence pendant que son appel escalade l'organigramme sinueux de la World Lovelies jusqu'à la salle de bain asiatique de quelque dieu anonyme surpris pendant ses ablutions :

– Oui, voilà. Je peux vous aider à localiser un type de chez nous en cavale. Vous m'aviez déjà demandé de le surveiller il y a quelques mois, oui, c'est ça, exactement, oui, au moment de la mort de son père.

Jamais une fois dans sa vie cet homme élégant, qui pousse maintenant la porte vitrée de l'agence matrimoniale, n'a croisé le chemin d'un tueur comme Guzman. Il participe à sa manipulation mais presque inconsciemment. Lui-même manipulé, il le sait bien. Mais qui ne l'est pas ? Ce soir, il jubile :

– Et si je vous invitais au restaurant du Royal ?

La jeune secrétaire ressort en sa compagnie de l'agence et verrouille les portes vitrées. Elle sourit de toutes les fibrilles dorées de ses yeux d'émeraude. Celle-ci a déjà croisé le chemin d'Andjelko Hajnoczy. Myriam a même parcouru quelques centaines de mètres à l'avant de sa DS rouge et noir, le jour où son patron lui avait demandé de lui remettre discrètement une disquette.

Pendant une demi-heure, la jeune fille aux cheveux de lionne s'était imaginée espionne ou agent secret (pas mal, pense-t-elle, cette idée du cendrier dérobé à la terrasse de La Navy). Assise à l'avant de la voiture, elle avait observé le profil d'Andjelko et trouvé (selon son expression favorite en pareille circonstance) qu'elle en ferait volontiers son quatre-heures. Et si on lui avait demandé de pousser plus avant sa mission, elle n'aurait pas dit non, la Mata Hari. Elle en aurait été très heureuse.

Un peu du prestige de ces activités occultes rejaillit sur Michel Botin sous forme de caractères sexuels secondaires. Il en est bien conscient, ce jeune homme habillé haute-couture, dont la huit-cylindres anglaise stationne devant le casino de La Baule, et qui remonte d'un pas léger les jardins du Royal (l'argent, le sexe et le secret des activités illégales se conjuguent et s'amplifient mutuellement, et c'est bien le génie de la World Lovelies de jouer gagnant sur tous ces tableaux). Oui, il est assez fier de lui. Et depuis deux ans qu'il a vendu la petite entreprise familiale à la World Lovelies, depuis deux ans qu'il tient une double comptabilité, il se dit que ça n'est pas de Manille que ces vieux Asiatiques viendront vérifier ses livres.

Dans quelques mois, il aura amassé assez d'argent pour se consacrer à la pêche au gros. C'est son hobby, la pêche en mer. Et il proposera à Myriam de s'enfuir avec lui. Un détour par l'île de Jersey où l'attend son magot et ces deux-là partiront pêcher le saumon en Écosse, ou aux îles Lofoten, sillonneront la planète en écumant les meilleurs lieux de pêche et les plus grands hôtels. L'avenir lui réserve bien quelques surprises, on l'aura compris. Mais aujourd'hui, il est plutôt heureux, Michel Botin. On peut le dire comme ça. Sans voûte étoilée au-dessus de sa tête ni conscience morale en dedans, il est plutôt heureux.

## 12.

Simone toute pâle et les yeux rougis se tient en équilibre au milieu des marches du White Star Snack. Elle a attendu Guzman toute la nuit à l'hôtel India. Il n'est arrivé qu'à l'aube, la chemise déchirée et tachée de sang. Il s'était saoulé dans les cafés du port et battu avec des pêcheurs, avec l'idée stupide de se construire un alibi absolument inutile. Et Simone avait passé la nuit assise dans un fauteuil en cuir pistache, devant le plan de Berlin-Est et l'affiche publicitaire de la World Lovelies.

Elle reste debout sous la pluie fine, dans la blancheur de l'aube. Elle s'est appuyée d'une épaule au chambranle de la porte pendant que Guzman traverse la salle à pas de géant et s'approche du comptoir. La mallette de l'électrophone à la main, la pile des disques sous un bras, l'homme dont les deux arcades sourcilières sont fendues revient vers la porte en faisant plier les planches sous son poids. Il enserre avec délicatesse la taille de Simone pour l'aider à traverser l'esplanade, à descendre vers le quai, à s'asseoir dans le canot, dont il écarte la coque en repoussant à la main les pneus avant de lancer le moteur.

La mer est agitée, ce matin. Des vagues vertes et blanches écumeuses la parcourent, où dérivent des îlots de végétation arrachés sur les berges (et qui glissent en direction du large en emportant des lézards affolés vers une existence nouvelle). Ces deux-là longent la côte le plus longtemps possible avant de couper le détroit. Près du bateau, la mangrove plonge ses fibres ligneuses dans une eau grasse et jaune, où filent à leur approche des crabes vert et noir. Un jeune perroquet claque des ailes dans les branchages et Guzman pilote le canot comme une pirogue, en veillant à ne pas embarquer d'eau. Il progresse avec lenteur en luttant contre son envie de vomir, le regard injecté de sang fixé sur la proue, sans se retourner vers Simone, assise très droite, et les bras croisés, telles ces Vierges polychromes que les Indiens, au printemps, emmènent en procession sur les méandres du fleuve.

L'étrave écarte les nappes de brume immobiles. Elle grelotte dans sa robe d'été bleu ciel. Des pélicans s'arrachent maladroitement à la mer et Guzman aperçoit déjà le liséré gris de Petrolexxo à l'horizon, les cuves de fioul et bientôt le ponton, sur lequel un détail attire aussitôt son attention, un mât dressé qui contraint le tueur à plisser les yeux, à serrer plus fort la manette des gaz, au risque de l'arracher.

## 13.

Guzman parvient à garder son calme, à ne pas trop secouer l'embarcation qui pourtant gîte un peu, et charge quelques litres d'eau avant qu'il n'en reprenne le contrôle, se passant une main sur le visage et réduisant encore l'allure, jusqu'à presque stopper en pleine mer encore, se laisser ballotter par les vagues pour se donner le temps de réfléchir, de prendre une décision, mais on connaît l'animal, et il n'en prend aucune.

Le canot s'approche le plus près possible d'un pilier et frôle le bateau d'Andjelko. Guzman laisse filer l'embarcation sur son erre avant d'assurer une élingue, d'attraper une échelle, et d'aider Simone à monter les barreaux comme une automate, les yeux écarquillés. Elle l'attend sur le ponton.

## 14.

Guzman dépose à ses pieds la pile des disques et l'électrophone, balbutie une phrase inaudible accompagnée d'une haleine pourrie, dans laquelle Simone croit entendre les mots séchoir ou hangar, et elle le voit s'éloigner dans la direction des entrepôts pour aller dormir sans doute. Elle ramasse la mallette de l'électrophone et la pile des disques. Elle se dirige à pas lents vers la passerelle, commence à monter les marches au ralenti, comme si les marches ni la rambarde n'existaient plus vraiment, ni la terrasse, ni le bar, dont elle finit pourtant par ouvrir la porte.

Elle dépose la mallette de l'électrophone et la pile des disques sur la première table et s'asseoit, se passe une main dans les cheveux et observe le coin de cette table, et le mur en bois où file un lézard. La pile des disques sur le métal rouge où demeurent des traînées d'alcool ou de boisson sucrée. Devant elle, le visage souriant d'une chanteuse, en noir et blanc, sur une pochette de disque. Elle s'est levée et dépasse déjà la première porte du couloir, derrière laquelle Madeleine Turquin, une main crispée sur sa poitrine, n'a déjà plus la force d'appeler à l'aide (elle a appelé toute la nuit, elle a entendu des pas, mais personne n'est venu).

Simone marche vers la porte de l'autre chambre et la porte semble aussi lointaine et inaccessible que si ses pas sur un tapis roulant la condamnaient au mieux à ne pas s'en éloigner. À continuer jusqu'à la limite de ses forces à marcher sur place comme un pantin mécanique, les yeux fixés sur la poignée de la porte que sa main, sans qu'elle le sache, tourne déjà. Et si on est Andjelko Hajnoczy, c'est l'autre poignée que depuis longtemps déjà on a entendue dans son sommeil, la poignée de la porte du bar et puis les pas sur le plancher qu'on avait essayé, immobile sur le lit et la respiration bloquée, d'attribuer selon des probabilités diverses et leur indice de dangerosité respective. L'album de photographies à couverture rouge repose sur le lit. On s'apprêtait à partir. On serre dans sa main la crosse du pistolet chinois TT qu'on a trouvé dans la cuisine, et dont la sécurité est débrayée. On est sur le point de tirer.

On a légèrement entrouvert ses paupières dans la pénombre, pour apercevoir entre ses cils une silhouette floue à contre-jour, une chevelure blonde inondée de lumière. Elle avance encore un peu, s'arrête pour observer dans l'obscurité le grand corps allongé sur le lit à quelques mètres, puis le regard s'accoutume, on distingue les pieds nus, le pantalon de toile. De la façon la plus discrète, on a ouvert un minuscule espace entre ses lèvres sèches, pour laisser passer la quantité considérable d'air que nécessite la présence de Simone dans la chambre, alimenter le rythme cardiaque qui s'emballe et qu'on essaie vainement de maîtriser, mais qui accélère encore lorsque à nouveau elle s'approche et qu'on dissimule l'arme sous sa cuisse.

On observe à présent le visage à quelques centimètres et les yeux clos, le souffle paisible et régulier du sommeil, et l'on songe à faire demi-tour, à pas de loup, pour le laisser dormir, et pourtant on avance encore, sans l'éveiller, et déjà il est trop tard. Ces deux-là sont aspirés comme des photons dans un puits de lumière, nageurs à bout de souffle, et la bouche à quelques millimètres de la joue. Et déjà les lèvres se piquent à la barbe naissante, on les sent glisser sur la peau et on respire enfin à pleins poumons, on presse ses lèvres contre les siennes comme on presse la main tétanisée sur le métal froid du pistolet-mitrailleur Uzi, et les jointures blanchies par l'effort et la douleur, mais les consignes de la World Lovelies sont formelles : Guzman pousse un cri terrible en lançant son pied dans la porte et défouraille à tout va au petit bonheur parce que les larmes brouillent la vue et coulent dans la barbe, et le crépitement de la rafale lève des petits geysers de sang et de muscles à travers les vêtements.

Guzman s'approche en titubant dans la pénombre

envahie de fumée, étonné d'entendre encore deux détonations, puis presque satisfait de comprendre, en sentant refluer le caillot de sang au fond de sa gorge, satisfait aussi de constater le bon fonctionnement du pistolet chinois TT qu'il a graissé quelques jours plus tôt, et que la main inerte d'Andjelko laisse finalement tomber sur le sol. (La dernière image mentale de Guzman est un ensemble de boîtes de graisse, de chiffons, d'écouvillons, attestant d'un goût certain pour le travail bien fait.) À quelques mètres de là, quelques minutes plus tard, la dernière image mentale de Madeleine Turquin sera celle d'un vieil homme aux cheveux blancs, aux yeux très bleus, qui lui sourit tendrement.

15.

*No se puede morir sin amar...* Assis depuis tant d'années dans ce fauteuil en cuir pistache, devant cette affiche, il m'arrive de voir le slogan de la World Lovelies changer de forme, ou de sens, selon les heures du jour ou les teintes de la pluie. Le gamin pakistanais vient emplir mon broc métallique à l'aide du petit entonnoir en plastique rouge et je relis au hasard une lettre d'Andjelko, ou dépose sur l'électrophone *Sorocabana* pour écouter encore une fois, les yeux fermés, la survivante provisoire aux longs cheveux lisses et très noirs :

Frappe le plancher sous ton talon,
Amor...
Tue le passé comme un scorpion,
Alors...

CET OUVRAGE A ÉTÉ ENRICHI ET ACHEVÉ D'IMPRIMER LE VINGT-CINQ AOÛT DEUX MILLE DANS LES ATELIERS DE NORMANDIE ROTO IMPRESSION S.A. À LONRAI (61250)
N° D'ÉDITEUR : 3478
N° D'IMPRIMEUR : 001351



Dépôt légal : septembre 2000